KB070761

도대체 어떻게
성공 한거야

도대체 어떻게
성공 한거야

이 책을 여는 순간이
성공의 터닝포인트가 되길 바라며

김 승 현 저

HAUM
하움출판사

인물편

사업모델별

: 서문

> "성공한 사람, 성공한 회사에는 반드시 한 번 이상의 터닝포인트가 있음을 발견했고, 그 성공을 추적함으로써 터닝포인트가 무엇인지를 알아내게 되었다."

우리가 일반적으로 말하는 성공한 사람들은 무언가 성공하는 방식을 발견한 사람들이다. 하지만 성공한 후의 사람을 보았을 때 오류를 범하기 쉬운 것이 성공한 사람은 원래 태어날 때부터 성공한 사람이라는 선입견을 가지게 된다. 그런데 성공한 사람의 얘기를 들어보면 공통적인 것은 성공을 하기까지 수많은 실패를 통해 실패를 하나하나씩 배제해나갔던 것이다.

실제로 성공한 사람은 자신의 성공의 포인트에 대해 죽을 때까지 노하우를 알려주지 않는다. 어쩌면 자신의 목숨보다도 더 소중할 것이니 말이다. 그래서 우리는 성공한 사람이나 성공한 회사의 겉모습을 봐서 추정하거나 주위 사람들의 말을 듣거나, 아니면 성공한 사람이 중요한 포인트만 쏙 빼놓고 한 말들을 듣고서 성공의 요인을 공부하게 된다.

이 책은 이렇게 오류를 범하기 쉬운 성공의 실체에 대해 적나라하게 파헤침으로써 일반인들도 성공하는 법을 터득할 수 있게 하려고 한다. 우리가 전쟁의 신으로 여기는 나폴레옹, 알렉산더, 이순신장군의 싸움의 전술을 보면 의아하게도 한 가지 방식으로만 전투를 한다. 이순신장군은 중거리에서의 함포공격 방식만을 고집했고, 나폴레옹은 대포를 이용한 적 대형의 파괴 후 전투하는 방식, 알렉산더는 밀집방진형으로 중앙을 뚫고 기마병을 이용해 적의 후방을 치는 방식만을 고집했다. 매번 이렇게

똑같은 전술만을 쓰는데도 100전 100승을 할 수 있는 것은 이 방식이 완벽했기 때문이다. 이 전투방식은 수세기 동안 연구가 되고 나서야 병법전문가들에 의해 깨뜨릴 수가 있었다.

회사별도 보자면 아마존 같은 경우 이익을 남기지 않는 노마진 전략으로 전자상거래 업계를 평정했다. 이 이후에 나오는 세부적인 전략은 노마진 전략에서 파생되어 온 전략일 뿐이었다. 마이크로소프트 같은 경우는 남이 만들어 놓은 소프트웨어를 개조해서 저작권 등록해서 되파는 방식이 유일한 사업방식이었다. 알테어 컴퓨터용 베이직언어도 기존 프로그램을 개조한 것이고, MS-DOS도 CP/M 을 며칠 만에 개조해서 IBM에 납품하여 계약을 체결한 것이며 윈도우즈마저도 매킨토시를 베껴서 IBM용으로 출시한 것이다.

이와 같이 실제로 성공한 한 사람이 쓰는 성공의 방식은 한두 가지 정도에 지나지 않았다는 것을 알 수 있다. 그렇다면 우리는 성공의 키포인트 한 가지만 알아도 우리 인생을 성공으로 이끌 수 있다는 결론에 도달할 수가 있다.

이 책은 성공의 터닝포인트가 된 방식이나 사건들을 추적해서 실제 우리가 처해있는 상황에서 중요한 터닝포인트를 찾을 수 있게 인도해줄 것이다.

회사편

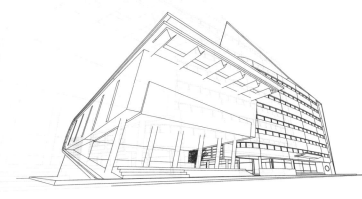

구글

스탠포드 대학원 시절 개발한 페이지 랭크 방식이라는 획기적인 검색 기술을 기업들이 사 주지 않자 직접 구글을 만들었다.

구글은 1998년 스탠포드대학교의 박사과정에 있던 래리 페이지와 세르게이 브린의 논문 발표에서부터 시작된다. 논문 제목은 "대규모 하이퍼텍스트 웹 검색엔진의 해부"였는데 검색엔진의 새로운 방식이었다. 처음부터 이들이 창업을 하려고 했던 것은 아니었고, 그들은 이 기술을 팔기 위해 여러 기업에 제안을 했지만 모두 거절을 당했다. 이때는 이미 야후, 알타비스타 등 쟁쟁한 검색엔진 회사들이 즐비했었고 이미 자리를 잡고 있어서 끼어들 틈이 없어보였다.

기존의 야후나 알타비스타의 검색방식은 웹페이지 소유자들이 검색엔진에 자사의 웹사이트를 등록하는 방식이었다. 이렇다 보니 웹페이지 등록자의 등록내용에 의존할 수밖에 없었고, 때로는 맞지 않는 내용도 꽤 많아서 고객들은 어떤 페이지를 봐야 할지 모르는 경우가 많았다. 하지만 기존에 검색엔진 자체가 없던 시절에 비하면 이것도 획기적이어서 사용자들은 엄청나게 몰려들었다. 그러던 중 검색엔진은 학문적인 연구가 이루어졌는데, 스탠포드 대학원의 래리 페이지와 세르게이 브린은 검색엔진에 대해 집중적으로 연구하게 되었고 "대규모 하이퍼텍스트 웹 검색엔진의 해부"라는 논문을 발표하게 되었지만 큰 호응은 없었다.

이 논문의 검색엔진의 검색방식은 웹사이트를 일일이 수작업으로 등록하는 것이 아닌, 검색로봇을 만들어서 인터넷을 무한정 돌아다니게 하는 것이다. 그렇게 하다 보면 어떤 웹페이지에 사람들이 몰리는지, 어떤 웹페이지를 사람들이 중요하게 생각하는지를 알 수 있었는데, 기본적인 가중치 방식은 페이지랭크였다. 중요한 웹페이지는 다른 웹페이지에서 인용을 많이 하는데 그 웹페이지는 중요한 웹페이지일 가능성이 높다. 이런 원리를 가지고 중점적으로 개발한 것이 구글 검색엔진인 것이다.

처음에는 구글 검색엔진을 매각하려고 야후나 알타비스타 등을 알아보았으나 거절을 당한 것이 오히려 행운으로 되어 돌아왔다. 둘은 투자를 받기로 결심하고 투자를 받게 되었는데 처음으로 투자를 한 사람은 썬마이크로시스템즈의 창업자 앤디 벡톨샤임이었다. 투자를 받은 둘은 당시 하버드대를 나와 인텔에서 근무하는 수진 보이치키를 알게 되어 수잔의 집 차고에서 창업을 하게 되는데, 생활비 정도인 매달 1700달러를 빌려준 것이 계기가 되어 1999년에 합류를 하는데 엄청난 업무 능력을 보여주어 구글 성장에 큰 힘이 되어주었다.

이후부터는 대규모 투자가 들어오기 시작하는데 람 슈리람(벤처 캐피탈리스트, 현 구글 이사), 데이비드 체리턴(스탠퍼드 대학교 수, 둘의 은사), 제프 베조스(아마존의 창업자) 등의 투자들이 들어왔다. 이후 구글의 페이지랭크 방식은 선풍적인 인기를 끌어 야후, 알타비스타 등 전통적인 모자이크 방식의 검색엔진을 순식 간에 따라잡게 되었다.

한국의 네이버나 다음도 사실은 페이지랭크 방식이 아니라 야후 나 알타비스타와 같은 모자이크 방식이다. 네이버를 보면서 구글 의 페이지랭크 방식이 모든 나라에 먹히는 건 아니라는 걸 알게 되었는데, 규모가 작은 나라일수록 정보의 양이 한정이 되어있어 서 사람에 의해 컨트롤이 가능하다는 점이 간과되었다. 또한 네 이버는 사용자의 입맛에 맞게 모든 게 완비되어있다. 지식인, 카 페, 이미지, 동영상 등 트렌드에 맞게 실시간 업데이트 되면서 사 용자의 니즈를 충족시켰던 것이다.

Turning Point   구글의 두 번째 터닝포인트는 안드로이드 스마트폰 운영체제였다.

2005년 구글의 래리 페이지는 스마트폰 운영체제인 안드로 이드 개발회사를 5000만 달러라는 헐값에 인수하게 된다. 이 사 건이 구글이 검색시장을 또 한 번 장악할 수 있는 두 번째 터닝포 인트가 되었다.

아이폰이 출시된 2007년 이후에 검색시장은 데스크톱에서 스마트폰으로 절반 이상이 이동하게 된다. 그만큼 검색시장에서 스마트폰 시장이 중요한데, 안드로이드 운영체계의 스마트폰에서 검색을 하면 기본적으로 구글 검색의 결과 값이 나온다. 디폴트로 구글 검색엔진이 깔려서 출시된다는 것이다. 고객이 굳이 네이버나 다음 앱을 깔지 않고, 그냥 검색을 사용한다면 구글의 검색결과 값이 나온다는 것이다. 구글은 스마트폰 검색 결과의 광고비 수익만으로 연간 몇 십조의 매출을 올리고 있다.

삼성전자가 뒤늦게 자사의 스마트폰으로 구글이 막대한 수익을 챙기는 것을 알고는 구글에 검색엔진 설치비용을 달라고 했고, 협상 결과 구글 측에서 연간 몇 조씩 지불하기로 했는데, 이건 이미 다른 회사들은 구글 측에서 다 주고 있었는데 삼성전자는 굳이 달라는 말을 안 해서 안줬다는 후문이 있다.

현재 세계 스마트폰 운영체제 시장은 애플의 ios를 제외하고는 대부분 구글의 안드로이드 가 독점하고 있다. 안드로이드가 세계 시장을 장악할 수 있는 데는 몇 가지 요인이 있는데 일단 공짜라는 점이다. 보통 컴퓨터의 운영체제를 개발하는 데는 몇 년이라는 시간이 걸린다. 스마트폰산업의 성장속도는 엄청나게 빨라서 전통적인 하드웨어 업체들이 운영체제를 개발할 시간이 없다. 더군다나 운영체제는 소프트웨어 영역이라 제조업체가 개발하기는 전문분야가 맞지 않는다. 마치 화장품 회사가 회장품 제조 로봇을 개발하는 것과 비슷하다. 또 한 가지는 구글이 스마트폰 하드웨어 제조업체가 아니라는 점이 안심을 시키는 요인이 되었다.

삼성이나 LG가 구글의 안드로이드 운영체제를 쓰고 있는데 구글이 스마트폰을 직접 제조한다면 이건 완전 망하는 길이다. 구글은 자사의 스마트폰을 팔기 위해 경쟁회사에 더 이상 안드로이드 운영체제 사용을 중단시킨다든지, 아니면 엄청난 라이선스 비용을 지불하라고 통보한다든지 할 것이다. 그리고 안드로이드의 오픈소스 방식인데 자사의 소스코드를 모두 공개함으로써 누구라도 응용소프트웨어 및 주변기기를 만들어 판매할 수 있는 것이다. 또한 핸드폰 기종은 다르더라도 운영체제만 같은 안드로이드라면 서로 호환이 가능하여 응용소프트웨어를 마음대로 사용할 수 있는 것이다.

이것은 마치 MS-DOS가 IBM용으로 개발되긴 했지만 MS-DOS 기반으로 만들어진 응용소프트웨어는 MS-DOS 운영체제를 채택한 모든 컴퓨터에서 자유롭게 사용할 수 있는 방식과 유사하다. 대신 MS-DOS는 엄청난 높은 비용의 라이선스비용을 하드웨어업체들이 지불해야 하지만 안드로이드는 공짜라는 점이 틀리다. 물론 하드웨어 업체들은 안드로이드가 언젠가는 유료로 전환할 것이라는 불안감은 항상 가지고 있다.

그렇지만 구글이 안드로이드 운영체제 안에서 검색이나 플레이스토어를 통해 많은 수익을 올리고 있으므로 유료화 가능성은 높아 보이지 않는다. 삼성전자도 물론 심미안이나 타이젬과 같은 운영체제가 있어서 출혈을 감수하고 자사의 운영체제를 채택할 수도 있기 때문이다. 이미 삼성전자는 인도 시장에서 스마트폰에 타이젬 운영체재를 사용하고 있다.

이와 같이 안드로이드 운영체제는 구글 입장에서는 구글이 존재하게 하는 한 축이 되어 운영되고 있는 실정이다.

나이키

와플빵 기계로 운동화 밑창을 만들어 붙인 것이
나이키의 시초다

우연히 와플빵 만드는 석쇠에 고무를 부어 운동화 밑창을 만들었는데, 이렇게 마찰력을 늘린 운동화는 육상에서 엄청난 기록 향상을 가져오게 되어 나이키를 유명 신발브랜드로 만들어주었다.

나이키라는 회사는 오리건 대학 육상팀 감독이었던 빌 바우어만과 소속팀선수 필 나이트의 만남이 인연이 되어 창업을 하게 되었다. 필 나이트는 대학시절에 필 나이트는 중거리 육상선수로 활약했으며, 스탠포드 경영대학원 시절 '미국 내 운동화 시장을 장악한 독일 회사들은 가성비가 좋은 일본의 운동화 회사들에게 설자리를 잃을 것이다'라는 석사논문을 발표 하게 되는데, 이것의 대한 근거는 그 당시 미국의 카메라 시장은 독일이 장악하고 있었는데 일본의 정교한 기술과 가격경쟁력으로 독일제품들이 밀려나게 된다. 이런 현상은 다른 상품에까지 연쇄 반응을 일으킬 것으로 내다본 것이었다.

이런 논문 발표가 하나의 인연이 되어 필 나이트는 일본의 오니츠카 타이거사(현 아식스)의 미국 내 독점 판매권을 획득하게 된다. 당시 빌 바우어만은 새로운 육상용 신발에 관심이 많았었는데, 필 나이트가 일본에서 샘플로 가져온 신발을 보고 동업을 제안하여 1964년 블루리본 스포츠라는 운동화 회사를 설립하게 된다.

이후 둘은 오니츠카 타이거사에서 수입한 신발을 팔기 시작하여 어느 정도 판매고를 올리게 되었는데, 크게 성공한 것은 아니었다. 새로운 육상신발 개발에 관심이 많았던 빌 바우어만은 와플 굽는 틀에 고무 와플을 만들어 신발 밑창에 아교로 접착시켜서 마찰력을 높여 보았다. 빌 바우어만은 새로 개발한 신발을 자신이 코치하는 선수들에게 착용하여 뛰게 하였는데 굉장히 좋은 기록이 나오게 되었다. 지금은 육상선수들이 스파이크를 신고 경기를 하는데 스파이크의 시초가 되었던 것이다. 와플제조기에 고무를 부어 만든 이 기술을 와플솔이라고 정했고, 와플솔을 활용해서 만든 것이 코르테즈라는 운동화였다.

빌 바우어만은 코르테즈를 신고 올림픽에 출전할 선수를 찾았는데 장거리 육상경기 7종목에서 미국 신기록을 보유하고 있던 육상 선수 스티브 프리폰테인을 후원하게 되었다. 이후로 뛰어난 육상 선수들에게 지속적으로 후원을 하게 되었는데, 이 선수들이 올림픽 등 각종 대회에서 신기록을 수립하게 되면서 나이키는 더더욱 유명해지기 시작했다. 나이키는 일반인이 아닌 육상 선수들 위주로 마케팅을 먼저 시작했는데 이런 방식의 결실은 자연스럽게 일반인들에게까지 붐을 이루게 되었다. 나이키는 여기에 힘입어 1970년대 당시 가장 혁신적인 신발 제조업체가 되었다.

Turning Point 나이키의 두 번째 터닝포인트는 에어쿠셔닝 기술의 개발 이었다.

에어쿠셔닝 기술로 나이키는 1970년대 말 우연찮게 획기적인 신발을 만들게 되는데 '에어쿠셔닝' 기술을 도입하여 반발력을 높인 신발을 출시하게 되었는데, 이 신발은 점프력을 요하는 농구경기를 하기에 아주 적합했다. 기존 점프력보다 훨씬 높이 뛸 수가 있었다. 이 기술로 나이키는 런닝화,농구화 시장에서 전 세계를 장악할 수 있게 해준다.

에어쿠셔닝 기술은 미 항공 우주국(NASA)직원인 프랭크 루디가 나이키를 방문해 놀라운 아이디어를 제시하게 되는데, 원리는 단단한 주머니에 공기를 주입해 누르면 다시 반발력에 의해 튀어나오는 현상을 이용하게 된 것이다. 고무를 누르면 반발력에 의해 튀어 오르는데 고무 대신 공기주머니를 신발 밑창형태로 만들어서 고른 압력으로 한 번에 누르면 고무보다 훨씬 큰 반발력을 가지고 튀어 오르는 현상이다. 이런 현상이 가장 필요한 운동 경기는 농구였다.

나이키는 이 당시 농구 선수 중 유망주였던 시카고 불스의 마이클 조던을 후원하게 되었고, 마이클 조던만의 전용 신발 개발에 착수하게 되었다. 이렇게 탄생하게 된 신발이 '에어 조단' 이었는데 엄청난 판매고를 올리게 되었다. 오늘날 나이키가 있게 한 중요한 전환점 중에 하나가 되었다.

Turning Point 나이키가 오늘의 독보적 스포츠 브랜드가 되게 한 세 번째 터닝포인트는 스포츠 분야의 최고 슈퍼스타들의 후원이었다.

이후에 나이키는 최고의 스포츠스타 중심으로 후원을 하게 되었는데 타이거우즈, 호나우딩요, 호나우두, 카를로스, 토티, 피구, 호나우두(포르트갈선수), 루니, 긱스, 지성, 영표 등등 두각을 나타내는 많은 선수들이었다.

또한 종목별 두각을 나타낼 수 있는 선수들을 발굴하여 먼저 스폰서십 계약을 맺는 것도 성공의 요인이 되었는데, 마이클 조던이나 타이거우즈 등은 슈퍼스타가 되기 전에 발굴하여 장기 후원계약을 맺은 사례들이었다. 여기에는 엄청난 비용이 쓰여 졌는데, 나이키로서는 전혀 아까워하지 않았다. 나이키는 이와 같이 스포츠스타 후원에 엄청난 비용을 쓰는데 한 해 광고비의 30-40% 정도를 쓸 정도이다. 이런 후원에 힘입어 기존 선두 주자였

／도대체 어떻게 성공한거야／

• • •

20

던 아디다스, 푸마 등을 제치고 현재 스포츠 브랜드 1위를 질주하게 된 것이다.

네이버

경쟁자들이 포탈에 집중할 때
네이버는 검색만 붙잡고 늘어졌다.

네이버 출시 전 경쟁자들은 포털 사이트를 통한 방문자 증가에만 열을 올리고 있었는데 오로지 검색엔진에만 집중했던 네이버가 결국 국내 1위를 차지하게 된다.

세계 검색엔진 시장에서 구글 검색이 장악하지 못한 나라가 3개 있는데 한국, 중국, 러시아 이다. 중국, 러시아는 국가의 통제 때문에 구글 검색 또한 많은 제재를 받기 때문에 1위를 못한 것이고, 그 외의 국가로 보면 한국이 유일하다. 한국에는 네이버라는 회사가 있었기 때문에 국내 검색시장을 지킬 수 있었는데, 네이버가 있기 이전에는 야후나 다음 등이 국내 검색시장을 장악하고 있었다.

네이버는 1999년 10월 이해진 대표를 필두로 네이버컴이라는 회사명으로 창업한 회사이다. 사실 네이버는 어느 날 갑자기 벤처 창업을 한 것은 아니고 삼성SDS 사내벤처로 시작한 회사였다. 창업자인 이해진 대표는 1992년 삼성SDS에 입사해 현재와 같은 네이버와 같은 검색엔진 서비스를 사업계획을 제출했으나 거절당하자 사내벤처 제도를 활용해 시작한 것이다. 구글 창업이 1998년인 점을 감안하면 구글보다도 먼저 시작한 셈이 된다. 그러므로 롤모델은 구글이 아니고 야후나 알타비스타이었을 것이다.

이때만 해도 국내 검색엔진은 별 다른 수익을 낼 수가 없었는데, 검색엔진 상의 검색어 상위노출에 대한 특허권을 야후가 가지고 있었기 때문이다. 야후는 2003년 검색어 상위노출 특허를 보유한 오버츄어사를 16.3억 달러에 인수하는데 이후 25년간 각국의 검색엔진들은 로열티를 내지 않고는 오버츄어사의 검색광고 로직을 사용할 수 없었다. 나중에는 국내 검색회사들이 비싼 비용을 주고 오버츄어사의 솔루션을 사용할 수밖에 없었는데 특허 만료기간인 25년이 지나 현재는 검색어 상위노출에 대한 비용을 별도로 지불하지 않아도 된다.

네이버 서비스는 오픈하자마자 반응은 좋았지만 마땅한 수익모델도 없는 상황임에도 벤처 투자자금이 100억 이상 몰려 어렵지 않게 서비스를 키워나갈 수 있었다.네이버는 더 많은 폭발적인 방문자를 필요로 했고, 그 당시 SDS의 같은 사내벤처 출신인 김범수 사장이 서비스하는 한게임과 합병을 하는데 당시 한게임은 대박을 친 게임포탈 형태의 서비스였고 하루 가입자만 10만 명이 넘을 정도였다.

네이버가 탄생할 당시 국내 포탈시장은 쟁쟁한 경쟁자들이 즐비했다. 야후, 다음, 엠파스, 한미르, 드림위즈, 프리챌, 네띠앙 등등 지금은 사라진 회사들도 많지만 결국 네이버가 방문자를 다 흡수해서 사라졌을 것이다. 네이버가 현재와 같이 검색시장에서 성공할 수 있었던 가장 중요한 요인은 검색엔진에 충실했기 때문일 것이다. 사실 포털 서비스는 이렇다 할 수익모델이 없다.

하지만 야후 같은 경우 검색어 상위노출을 통해서 엄청난 수익을 가져가고 있었다. 네이버는 초창기부터 검색에 모든 걸 걸었다. 단순히 방문자를 늘리는 방식은 서버 비용만 나갈 뿐이지 도무지 수익이 되는 건 아니었기 때문이다. 네이버는 다른 포탈들과 달리 검색품질에 주력했고, 검색엔진을 사용하는 이용자들은 차츰 야후에서 네이버로 이전하고 있었다. 이런 판단은 적중해서 오늘까지도 한국 유저들이 검색 시에 찾는 검색엔진은 구글, 다음이 아닌 네이버가 되었다.

　네이버는 2002년 10월에 지식인 서비스를 오픈하는데 이 서비스는 네이버를 국내 검색시장 1위로 올려놓았다.

　지식인 서비스의 시초는 미국의 Ask Jeeves라는 서비스였다. 2000년 Ask.com의 Q&A사이트로 시작해서 호응을 얻긴 했으나 이용자들에게 아무런 대가도 주지 않아, 질문은 쏟아지는데 답변을 다는 사용자가 없어 2002년에 서비스를 종료하게 된다.

　우리나라에서는 이 서비스를 도입하여 2000년 10월 인터넷 한겨레에 '디비딕'이라는 사이트가 문을 열었는데 이 서비스가 지식인 서비스의 시초가 되었다. Q&A 방식의 지식커뮤니티의 서비스였는데 초창기 많은 사용자들의 호응을 얻었다. 나중에는 엠파스에 인수되어 네이버와 양대 산맥을 이루는 계기가 되기도 했다. 네이버에서는 Q&A 서비스를 좀 더 보강하여 질문과 답변을 하는 사용자들에게 금전적인 보상보다는 명예를 주었다. 사용자들은 열광하였다. 굳이 금전적이 보상이 아니더라도 명예로 충분했다.

　이 당시만 하더라도 국내 검색엔진들이 충분한 데이터를 가지고 있지 못했다. 데이터의 양이 부족하다보니 검색엔진보다는 백과사전 등이 아직까지도 많이 사용되던 시기였다. 하루 사용자들이 검색하는 검색어는 엄청난데 이것에 대한 검색결과를 충분히 보여주지 못하고 있던 실정이었다. 이렇게 되면 검색엔진에 대한 불신이 생기고 더 이상 궁금한 점을 검색하지 않는 현상이 생긴다. 이런 고민에 휩싸여있던 네이버에 지식인 서비스는 그야말로 안성맞춤이었다.

지식인 서비스가 오픈한 2002년 10월부터 1년 동안 무려 165만 건의 지식 DB를 쌓게 되었는데 고객들이 직접 자신의 지식을 DB에 넣어준 것이었다. 더더군다나 무상으로.
네이버는 획기적인 전기를 마련하게 되어 방문자수가 폭증하게 되어 검색엔진 1위자 리를 단 한 번도 내주지 않게 된다. SK커뮤니케이션에서는 엠파스를 인수하여 지식인 서비스를 하였으나 결국 성공하지는 못했다. 이미 엠파스의 핵심인력들이 네이버로 이동한 상태였기 때문이다.

이 당시 최고 인기를 누리던 전지현을 모델로 내세운 지식인 서비스는 네이버의 두 번째 터닝포인트라고 할 수 있다.

Turning Point   네이버의 세 번째 터닝포인트는 sns서비스 라인이었다.

카카오톡이 더 성공했을까 라인이 더 성공했을까 라는 질문에 대한 답변은 파악이 안 된 다로 할 수 있겠다. 단순 매출과 이익으로만 보면 라인이 우세하겠지만 카카오톡에서 파생된 카카오택시,

카카오게임 등과 앞으로의 발전 가능성을 본다면 우세를 점치긴 힘들 것이다.

카카오톡은 당시 NHN의 미주법인의 대표로 갔던 김범수 대표가 2006년 아이위랩을 창업하면서 시작하게 된다. 당시 IT기술이 발전했던 미국 실리콘밸리 등에서 시작한 새로운 SNS서비스가 대세가 될 것을 직감하고 개발을 시작하여 2010년 3월에 카카오톡 서비스를 오픈하게 된다. 어떻게 보면 기존에 사용하던 메신저와 별반 다를 것이 없었으나 스마트폰 기반으로 운용되다보니 사용료 없이 사용자들은 서로 정보를 주고받을 수 있었다. 이 당시만 하더라도 스카이프 등 무료전화 서비스 등이 앞으로의 대세가 될 걸로 알았으나, 어떻게 보면 이통사의 횡포를 넘어서지 못했으리라.

국내시장은 불과 1년 만에 카카오톡이 순식간에 점령을 하게 되어서, 네이버에서는 국내시장에 SNS메신저 서비스를 내놓지 않고 있었는데, 이때 일본에서는 아직까지 이렇다 할 모바일 메신저 서비스가 없었다.

이 당시에 일본에 진출했던 네이버는 네이버재팬으로 일본의 검색시장을 공략하지만 야후와 구글을 넘을 수 없어, 결국 검색서비스를 결국 중단하고 마는데, 이때 네이버재팬은 다시 한 번 재기의 발판을 마련하는데 이것이 바로 라인이었다. 일본은 한국보다 스마트폰 보급이 늦어서 2010년까지도 피처폰이 대세였다. 어차피 세계는 스마트폰 시장으로 흘러가기 때문에 피처폰에서 스마트폰으로 넘어가는 건 시간문제였다. 피처폰이 대세이다 보니 아직 까지 선점한 모바일 메신저 서비스가 없었다는 것이 기회로 다가왔다.

네이버재팬의 신중호 사장은 2010년 즉시 라인개발팀을 꾸려 2011년6월 라인 서비스를 런칭하는데 이후 폭발적인 성장을 하여 불과 3년 만에 230개국,16개국 언어로 4억 명 이상이 가입하게 되었다.

2016년 라인은 일본증권거래소에 상장하게 되어 신중호사장은 2400억 원에 달하는 스톡옵션을 받게 되어 신화로 남게 되었다. 라인서비스가 일본에서 성공하게 된 이유 중 하나는 라인서비스가 안드로이드, IOS 운영체제뿐만 아니라, 일본에서 주로 사용했던 피처폰 안에서도 무료통화가 가능하게 한 것이었다. 또한 16개국 언어로 출시하다 보니 영어권, 아랍권에서 폭발적인 가입이 이루어진 것도 성공의 요인 중에 하나였다.

2018년 네이버는 국내시장의 한계로 성장이 더디어졌지만, 네이버 매출 중 성장이 계속 이루어지는 부분은 라인서비스 부문이다. 그만큼 라인 서비스는 네이버의 세 번째 터닝포인트로써 네이버의 미래를 밝게 하고 있다.

넥슨

온라인게임을 무료화 시키고도
엄청난 수익을 창출한 넥슨

Turning Point 넥슨의 첫번째 성공의 터닝포인트는 게임의 부분유료화 작업이었다.

게임을 무료화 시켜서 방문자를 끌어 모으고, 게임 안에서 유료 아이템을 만들어 수익을 창출하는 방식은 세계 최초로 넥슨이 개발했다. 넥슨의 2017년 매출액은 2조 3천억이고, 영업이익은 8800억 원 가량이다. 또 해외 매출이 66%인 1조 5천억 원을 차지했다.

넥슨을 창업한 김정주 대표는 서울대 컴퓨터공학과를 나왔고, 카이스트 전산학과 박사과정을 마쳤는데, 박사과정 중에 넥슨을 창업하게 된 것이다.이력만 봐도 창업하면 바로 성공 할 것 같은 이력이다. 실리콘 밸리나 한국이나 창업으로 크게 성공한 경우를 보면 명문대 출신이 많다. 이건 어쩌면 공통점인데, 공부를 잘하면 사업을 해도 성공하는 경우가 많다는 통계학적 결론이다.

김정주 사장이 눈여겨본 분야는 게임 중에서도 온라인 게임 분야였는데, 1994년 마리텔레콤이 개발한 '단군의땅'이라는 국내 최초로 출시된 온라인 게임이 있었는데, 텍스트형태의 부족한 부분이 많은 게임이었지만 많은 인기를 끌고 있었다.

넥슨은 여기에 힌트를 얻어 그래픽을 넣은 최초의 온라인 게임을 개발하게 되는데, 1996년 12월에 출시한 '바람의 나라'였다. 하지만 이때까지만 해도 인터넷 속도가 빠르지 않아 게임의 로딩 속도 등 제약이 많아 동시접속자가 몇 십 명을 넘지 못해 실패하는 듯 했다. 하지만 스타크래프트라는 온라인 게임이 국내에 들어오면서 사람들은 스타크래프트를 하기 위해 PC방으로 몰려들었고, 전국에는 엄청난 PC방들이 생겨나게 되었다. PC방에서 인터넷속도에 구애를 받지 않게 되니 '바람의 나라'도 동시접속자가 늘기 시작해 1999년에는 동시접속 12만 명이 넘어갔고, 부분유료화로 게임 매출 또한 100억을 넘기게 되었다.

넥슨이 우리나라 온라인 게임 역사에 남을 만한 업적을 이룬 것은 게임의 부분유료화였다. 이것을 창출했기에 그 후 수많은 온라인 게임업체들이 성공할 수 있었던 것이다.

넥슨의 과금모델은 다음과 같다.

기간 정액제: 선 결제를 하고 일정한 기간 동안 게임을 할 수 있음.

아이템판매 : 아이템구매, 아바타치장

넥슨 캐시: 핸드폰, 신용카드,ARS,계좌이체등으로 넥슨캐시에 충전을 하여 넥슨의 서비스를 이용

넥슨존 PC방: 넥슨이 유통하는 게임들을 일정 가격에 사용

기존에는 온라인게임의 수익모델은 오로지 사용 기간만큼 돈을 지불하는 정액제 요금이 전부였다. 그렇다 보니 유료사용자의 한계를 넘지 못했는데, 넥슨은 게임을 무료로 사용하게 하고, 그 안에서 아이템들을 판매하는 부분 유료화를 통해 사용자층을 많이 끌어 모으게 된 것이다.

또 넥슨은 2001년 7월 퀴즈퀴즈라는 온라인 게임 서비스를 무료로 오픈하는데 여기도 부분 유료화 방식을 적용하여 아이템판매, 아바타치장 등만 유료로 결제를 받았다. 이렇게 아이템 판매로만 한 달 매출이 10억 원을 넘겼으니, 부분 유료화 모델은 굉장한 성공을 거두게 된다.

넥슨은 성장 과정 중 어느 순간 한계점에 도달하게 되었는데, 그것은 계속해서 히트작을 내는 것이었다. 영화제작 같은 경우도 만드는 영화마다 대박을 칠 수는 없듯이 게임도 마찬가지였다. 야심차게 출시한 게임들이 동시접속이 없어 바로 문 닫는 경우도 발생할 수밖에 없는데, 여기에 대한 대안이 될 만한 게임을 발굴해서 투자하는 것이었다.

넥슨이 한동안 히트작을 못 내고 게임 업체 인수에 집중하자 사용자들의 비난을 듣기도 하였으나 히트작을 연달아서 내는 게 쉬운 일이 아니다. 블리자드 같은 큰 업체도 실제로 히트작은 스타크래프트, 디아블로 등 그리 많지 않다.

넥슨이 인수합병으로 성공한 히트작들을 보면 위젯이 만든 메이플스토리, 네오플에서 만든 던전앤파이터, 엔도어즈가 만든 군주온라인, 아틀란티카, 게임하이에서 만든 서든어택 등 이외에도 다수 있다. 게임이라는 것이 대히트를 하기 전까지는 수익이 없기 때문에 게임 개발사들은 다들 힘들 수밖에 없다. 그래서 될 만한 게임에 투자를 해서 게임업체도 살리고 히트작도 만들어내는 이와 같은 방법은 게임 생태계에서 권장할 만하다.

사실 게임은 언어 팩만 바꿔놓으면 몇 십 개 언어로도 운용이 가능하다. 하지만 유료 게임인 경우는 문제가 있는데 바로 결제 방식이었다. 국내에서는 먹히는 결제 방식이 해외에서는 거부감이 있는 경우도 많고, 고객의 컴플레인도 받아줘야 하고, 유통망도 확보해야 하고 등등 복잡한 문제가 한 둘이 아니다. 결국 현지 파트너를 잘 만나서 현지법인을 설립해야 한다.

이 작업은 꽤 오랫동안 진행되어왔는데 미국 같은 경우 최대 유통업체인 베스트바이, 휴처샵 등을 통해 선불카드를 공급해 신용카드에 대한 거부감을 해소시켰다.

이런 오랜 작업 끝에 2017년 기준 해외 매출이 1조 5천억 원을 돌파하게 된 것이다.

다이소

가성비와 품질유지만을 고집해서 성공한 다이소

고객들은 가격도 싸고 품질도 좋은 다이소를 선택했다. 다이소의 전략은 적중했고, 고객들은 가성비에 환호하고 있다. 한국 다이소의 2017년 매출은 1조 6천억 원에 영업이익은 1497억 원을 달성했으며 매장 수도 1200개를 넘어서고 있다. 2014년 매출 8900억 원의 두 배 정도로 성장한 것이다.

20년 전에 한 때 유행했던 저가숍들은 사실상 요즘은 찾아볼 수 없다. 낮은 마진율 때문에 저가숍 사업은 운영하기가 힘들다는 것이 지금까지의 정설이었으나, 다이소의 성장을 보면 무언가 성공의 터닝포인트가 있을 것이다.

다이소는 1997년 천호동에 오픈한 '아스코이븐프라자'가 1호점이다. 이 당시 일본의 100엔 숍의 유행을 타고 한국에도 1000

원대 저가숍들이 속속들이 생겨날 때였다. 그 중 유독 아스코이
브프라고객들은 가격도 싸고 품질도 좋은 다이소를 선택했다. 다
이소의 전략은 적중했고, 고객들은 가성비에 환호하고 있다. 한
국다이소의 2017년 매출은 1조 6천억 원에 영업이익은 1497억 원
을 달성했으며 매장 수도 1200개를 넘어서고 있다. 2014년 매출
8900억 원의 두 배 정도로 성장한 것이다.

20년 전에 한 때 유행했던 저가숍들은 사실상 요즘은 찾아볼
수 없다. 낮은 마진율 때문에 저가숍 사업은 운영하기가 힘들다
는 것이 지금까지의 정설이었으나, 다이소의 성장을 보면 무언가
성공의 터닝포인트가 있을 것이다.

다이소는 1997년 천호동에 오픈한 '아스코이브프라자'가 1호
점이다. 이 당시 일본의 100엔 숍의 유행을 타고 한국에도 1000
원대 저가숍들이 속속들이 생겨날 때였다. 그 중 유독 아스코이
브프라자만 눈에 띄게 성장을 했는데, 일본 다이소에서 자금이
들어오면서 박정부 회장의 지분이 43.2%, 일본 다이소의 지분
34.2%로 합작법인이 설립된 것이다. 이렇게 시작한 한국 다이소
는 4년 만에 100호점을 낼 정도로 급성장 가도를 달린 것이다.

그렇다면 다이소가 다른 저가숍과 달리 고객의 사랑을 받으
며 꾸준히 성장한 요인은 무엇일까다이소가 성공을 거두자 다이
소의 성공에 대해 다양한 분석들이 나왔다. 가장 공통적인 분석

은 가성비였다. 다이소의 주력 가격대인 1000원~3000원대 상품의 가성비를 최고 성장요인으로 꼽았다. 맞는 말이긴 하지만 저가숍이라는 것이 가성비를 무기로 하는 사업이기 때문에 가성비가 성공의 요인 중 기본이긴 하다. 가성비가 성공요인의 전부라면 기존에 사라졌던 저가숍들과의 차이점을 발견할 수가 없었다.

박정부 회장이 말하는 성공요인은 의외로 품질에 있다고 했다. 1000원짜리 제품을 사람들이 품질을 따지냐고 할 텐데, 실제로 고객들은 1000원이라도 품질을 꼼꼼히 따지며, 품질이 좋지 않은 제품은 그 다음부터 구매를 하지 않는다. 대부분의 저가숍들이 이 부분을 간과 한 것이다. 저 품질에 재 구매가 없다 보니, 아무리 싸다고 해도 구매할 리가 없다. 박정부 회장은 이 부분을 경쟁력으로 삼았다. 1천원의 가치가 있는 물건을 1천원에 구매하는 건 고객 입장으로써는 어디서든 할 수 있는 일이다. 하지만 3천 원짜리 품질의 상품을 1천원에 구매했을 때 득템했다고 생각하고 재구매가 일어나며, 소개까지 일어나는 것이다.

다이소의 가치는 이 부분에 있었던 것인데, 박정부 회장의 주요 노하우가 이 부분에 있었던 것이다. 이것은 마치 이케아가 낮은 원가의 재료를 찾아 전 세계를 누비지만 품질은 고가 제품과 동일하게 유지하는 것과 일맥상통한다.

박정부 회장은 동일 품질의 제품을 낮은 원가로 만들기 위해

3가지 과정이 필요했는데, 제조업체에 현금지급, 대량생산, 선주문 방식의 물건 납품방식을 개발하면서 제품의 단가를 낮출 수 있었다. 보통 제조업체들은 3개월~6개월 후에 납품대금을 받기 때문에, 이 과정에서 원가가 높아질 수밖에 없고, 소량생산보다 다량으로 생산하면 할수록 납품단가는 낮출 수가 있다. 이와 같이 제조업체들과 유연한 조율을 통해 원가를 획기적으로 낮출 수 있었던 것이다. 또 싸고 품질 좋은 제품을 발굴하기 위해 다이소 구매파트 직원들은 세계를 누비기도 하는데 박정부 회장조차도 1년의 절반 이상을 해외에서 보낸다고 한다.

또 다이소는 모든 가격대의 상품을 취급하지 않는다. 모든 가격대, 모든 상품은 대형마트가 적당할 것이다. 다이소의 주요 경쟁 가격대는 1000원~3000원의 상품으로 전체 제품의 90% 가까이를 차지한다. 5천 원 이상 가격대의 제품을 사려면 다이소에는 없는 경우가 많다. 다이소로써는 낮은 가격대인 3천원 미만 상품에 대한 경쟁력만 갖춘다면 대형마트에게도 뒤지지 않을 수가 있는 것이다. 그래서 다이소는 이 가격대의 제품에 주력했고, 이 전략은 틈새전략으로 제대로 먹혔다.

다이소의 원가를 낮추는 또 한 가지의 노하우는 판매가를 먼저 정하고 제조가를 맞추는 방식이 있다. 어떤 제품은 경쟁사와 경쟁이 힘든 것도 있는데 이와 같은 상품은 가격을 먼저 제시해주고, 제조 단가를 맞추게 한다. 제조사 입장에서는 좀 가혹하다고 할 수 있으나, 불필요한 제품 포장을 없앤다든지, 묶음으로 판다든지, 구매단위를 대량으로 해서 입고한다든지 등등 하다보면 다양한 방법이 나온다.

또 다이소가 매장 수를 급격하게 늘릴 수 있는 데는 정부 규제를 벗어나는 중소규모 위주의 사업방식이 먹힌 것도 있었다. 일본에서는 1991년부터 대형마트, 대형수퍼마켓 등에 출점제한, 영업시간제한, 의무휴업 등의 규제들이 적용되기 시작했는데 여기서 견뎌낸 것이 일본 다이소였다. 그래서 다이소를 중, 소규모로만 운영한 것도 있었는데, 한국에서도 대형마트, 대형슈퍼마켓 등에 법이 적용되기 시작했는데 역시 한국 다이소도 이런 정부 규제에 버텨 냈던 것이 사세를 확장시키는데 주효한 요인이 되었던 것 같다.

이와 같이 높은 가성비와 좋은 품질이 꾸준히 유지되도록 관리한 것은 다이소가 급성장 할 수 있는 기본이 되었다.

다이슨

가성비와 품질유지만을 고집해서 성공한 다이소

다이슨을 흉내 내려고 하지만 다이슨의 핵심 부품인 소형 모터는 세계 어디서도 구할 수 없다. 모두 자체에서 개발한 특허제품이기 때문이다.

다이슨은 1993년 설립한 영국의 가전회사로 진공청소기, 선풍기, 손 건조기, 헤어드라이어 정도 소품종의 가전제품만 집중해서 생산하는 기술 위주의 혁신적인 제조회사로 영국의 애플이라고 불리고 있다. 2017년 기준 5조 2천억 원의 매출을 올리며 영업이익도 1조 2000억 정도를 달성했다. 또한 보유 특허만 8천개를 넘어서고 회사 인력의 1/3 이상인 3천여 명이 엔지니어로 구성되어 있고 다이슨의 R&D 부서에서 진행하는 신기술만 몇 백가지가 넘을 정도이다.

다이슨의 설립자 제임스 다이슨은 1979년 먼지봉투 없는 진공청소기를 고안하게 되는데, 이 당시만 하더라도 진공청소기 시장은 대기업들의 각축전으로 계속 교체를 해야 하는 먼저봉투로 막대한 수익을 올리고 있었다. 그러므로 굳이 먼저봉투 없는 청소기를 개발할 필요가 없었던 것이다. 다이슨이 1979년 고안한 먼지봉투 없는 진공청소기를 회사를 만들어 영국에 출시한 것이 1993년이니, 무려 15년 동안 제품을 개발했다는 것인데 이건 엄청난 기술의 집념의 결과라고 볼 수 있다.

다이슨이 1979년 진공청소기를 고안하고 유수의 기업들에 제품생산을 의뢰했지만 모두 거절은 당하게 된다. 다이슨은 이때부터 시제품을 직접 개발하게 되는데 일본에 라이선스 수출을 한 1985년까지 무료 5천 번이 넘는 시제품을 테스트 하게 되어 모든 비용을 소진하게 된다. 하지만 이 시제품이 인정을 받게 되는데 1985년 일본의 에이펙스라는 중소기업이 관심을 가지게 되어 라이선스 비용으로 특허 사용료 10%를 지불하고 지포스라는 제품명으로 만들어 지게 된다.

1986년 출시된 지포스라는 먼지봉투 없는 진공청소기는 기존 청소기보다 몇 배가 비싼 가격임에도 불구하고 일본에서 선풍적인 인기를 끌게 되는데 다이슨의 아이디어가 드디어 세상에 빛을 보는 순간이었다. 다이슨은 이 라이선스 비용을 가지고 1993년 다이슨 사를 설립하게 된 것이다. 회사를 설립하고 제품개발을 한지 2년 만에 처음으로 자체 생산한 '다이슨 DC01'을 영국에서 출시하게 되는데 기존 진공청소기의 5배가 넘는 다소 황당한 가격임에도 불구하고 영국에서 가장 많이 팔리는 진공청소기가 된다.

다이슨사의 먼지봉투 없는 진공청소기의 원리는 목공소의 톱밥을 원심분리기로 거르는 공기 청정기에서 찾게 된다. 목공소의 공기청정기는 톱밥을 걸러내기 위해 공기를 빠른 속도로 회전시키는 원심분리 방식을 이용하는데 이것을 진공청소기에 응용한 것이다. 또 최근에는 이 모델을 더 발전시켜 대기압의 15만 배가 넘는 힘으로 공기를 회전시켜 진공청소기의 배출구에서 나오는 공기가 일반 대기보다도 더 깨끗한 정도로까지 개발이 진척되었다.

Turning Point 다이슨 사에서 만든 두 번째 히트작은 날개 없는 선풍기이다.

사실 날개 없는 선풍기의 원조는 1980년 도시바에서 개발이 되었는데 그 당시 모터 성능의 한계로 소형화하지 못해 상업화에 실패하게 되는데, 이 원리를 이용해 개발된 것이다. 마침 특허 유효기간인 25년이 지나 제품개발에도 지장이 없었다. 날개 없는 선풍기는 제트 엔진의 원리인 에어 멀티플라이어 기술을 응용한 것인데, 초당 200리터의 공기를 빨아들여 작은 틈으로 내보내면 주변기압이 낮아져 빨아들인 공기보다 15배가 넘는 양의 공기가 배출 되는 원리이다. 이 선풍기는 현재 공기청정 선풍기로 발전하는데 초당 200리터의 공기를 빨아들여 0.1마이크로미터 크기의 초미세먼지를 99.95%까지 필터로 걸러내게 된다. 물론 필터 또한 다이슨에서 몇 년간 심혈을 기울여서 만든 고성능 필터를 사용한다.

Turning Point   다이슨사의 세 번째 히트작은 에어블레이드라는 손 건조기다.

이것도 대충 만들었을 리가 없는데, 공기를 430mph의 빠른 속도로 분사해 물을 날려버리는 형태의 기술이 적용되었는데 0.7초 만에 순간 회전속도 9만 RPM에 도달하는 디지털 펄스 기술이 적용된 1600W 출력의 소형모터가 사용된다.
또한 공기는 다이슨에서 개발한 헤파필터로 걸러주어 99.9% 깨끗한 공기가 배출된다. 여기에 사용된 모터는 시중 모터보다 2배의 출력을 내지만 전력은 25% 정도 밖에 사용하지 않는 자체 개발된 모터가 사용되었다.

Turning Point   다이슨의 네 번째 히트작은 슈퍼소닉 헤어드라이어이다.

이 제품의 특징은 뛰어난 성능뿐만 아니라 모터소음의 획기적인 감소라고 할 수 있다.
기존 헤어드라이어는 모터의 굉장한 소음을 유발하는데, 다이슨은 이 문제를 해결하기 위해 전혀 새로운 소형모터를 개발하게 된다. 여기에 사용된 모터는 V9라는 초소형 모터인데 헤어드라이어의 손잡이 속에 들어갈 정도로 작은 크기로 회전력은 분당 11만 번을 회전한다. 이 모터의 가장 획기적인 장점은 소음이 거의 나지 않는다는 것인데 그 원리는 모터 회전주파수가 사람이 인지하는 가청 범위를 벗어나 작동하기 때문이다. 그래서 사람의 청각으로 이 소음을 들을 수가 없는 것이다.

다이슨 사에서 출시하는 획기적인 제품들의 공통점이 있는데 그건 바로 모터이다. 그리고 또 한 가지는 경쟁자가 없다는 것이다. 다이슨 사는 핵심 부품인 초소형모터를 자체 개발하였고, 몇 천개의 특허를 보유하고 있다 보니 경쟁사에서 비슷한 제품을 만들 수가 없었던 것이다. 특허 유효기간이 보통 25년이다 보니 경쟁사에서 지금 출시된 제품을 복제해서 만들려면 25년을 기다려야 했던 것이다.

또한 지금도 연간 몇 백 개의 신규 특허를 등록하고 있기 때문에 다이슨사의 이 같은 행보는 앞으로도 지속될 것으로 보인다.

더 페이스샵

저렴한 가격에 자연주의 컨셉 표방한 더 페이스샵

더 페이스샵의 성공의 터닝포인트는 가성비였다. 가격은 저렴하지만 높은 품질을 유지했고, 한류스타 모델을 기용한 자연주의 컨셉이 제대로 먹혔다.

2002년 4월 이대1호점을 오픈한 미샤는 3300원이라는 저가화장품 돌풍을 일으켰다. 미샤는 브랜드숍이라는 신조어를 만들어냈는데 브랜드숍이란 한 가지 화장품브랜드만을 취급하는 원브랜드 화장품 매장을 뜻한다. 미샤가 이렇게 성공할 수 있었던 건 미샤에서 직접 운영하는 뷰티넷이라는 홈페이지의 충성 회원들이 밑바탕이 되어왔기 때문이었다.

그리고 저가 화장품에 거부반응이 없었던 건 품질은 타 유명 브랜드와 대략 비슷하면서 가격은 터무니없을 정도로 저렴했기 때문이다. 대한민국에 저가화장품 신드롬을 몰고 온 것이다. 미샤는 론칭 후 2년도 채 안되어 매출 1천억 대를 달성하여, 유통시장에 순식간에 뿌리 내리게 된다. 하지만 비슷비슷한 저가 화장품들이 속속 시장에 출시되면서 위기를 맞게 된다. 가장 큰 문제는 저가 브랜드만을 계속 밀고 나갔기 때문인데 미샤는 그냥 저가 화장품이라는 그대로의 이미지 머문 것이다. 더 페이스샵 같이 한류모델을 써서 프리미엄화 시키지 못한 것도 주된 실패 원인이 되었다.

미샤 브랜드는 그냥 당연히 싼 브랜드로 인식이 되어 '여자 친구에게 미샤를 선물하면 헤어지자는 의미로 받아들이면 된다.' 라는 말까지 나돌았다. 미샤는 이렇게 2007년 비비크림이 출시되기 전까지 고전을 면치 못하게 된다.

반면 더 페이스샵은 미샤 출시 후 1년 반 늦은 2003년 12월에 명동1호점을 오픈하게 되는데, 미샤 이상의 성공을 거두게 된다. 더 페이스샵이 진출했을 무렵 저가 화장품 시장은 미샤가 휩쓸고 있었다. 더 페이스샵은 무언가 경쟁력이 있어야 했는데 그건 가성비였다. 미샤는 가격은 싼데 품질을 어필하지는 않고 있었다.

주 고객은 10대,20대 초반의 품질을 그다지 따지지 않는 젊은 층이었다.

더 페이스샵은 자연주의 컨셉을 내세웠다. 가격은 싸지만 고급스런 컨셉이 있었던 것이다. 그리고 무조건 싼 것만 판 것은 아니라서 무조건 싸다는 이미지와는 거리를 두었다.
그렇다면 더 페이스샵의 성공비결은 무엇이었을까.

첫째, 가성비이다. 낮은 가격, 높은 품질을 지향하였다. 이렇게 하기 위해 유통 단계를 간소화시켰다. 창업자인 정운호 대표가 화장품 유통대리점을 했었기 때문에 유통단계를 너무도 잘 알고 있었던 것이다. 거의 5단계 이상의 유통구조를 제조-판매-소비자의 3단계 구조의 직판 시스템으로 바꿨다. 또한 화장품의 원료도 가장 품질이 좋은 회사와 계약을 맺어 공급 받았다.

둘째, 고급마케팅이다. 더 페이스샵의 화장품은 가격이 저렴하므로 자칫 싸구려라는 이미지를 심어줄 수가 있다. 이건 미샤가 실패했던 가장 큰 요인이었다. 그래서 고급화 이미지를 심어줄 필요가 있었다. 먼저 인지도 높은 배용준, 권상우와 같은 한류스타 위주의 모델들을 전면에 내세웠다. 중국과 동남아 시장도 겨냥하기 위해서였다. 그리고 자연주의라는 컨셉을 입혔다. 제품용기도 최고급화 시켜 유명 고가 화장품 정도의 수준을 유지하였다.

셋째, 구석구석 침투한 유통채널이었다. 화장품 대리점의 경력을 쌓은 정운호 대표의 강점이었다. 어디 어디 채널이 잘 먹히는지를 너무도 잘 알았다. 그 중에 하나가 지하철 환승역 매장들을 장악한 것이었는데 중저가 화장품을 팔기에 최적의 유통 채널이었다.

이와 같은 초고속 성장에 힘입어 정운호 대표는 2005년 사모펀드에 지분 70%를 약 1천억 원에 매각한다. 또 2009년에 지분 20%를 LG생활건강에 715억 원에 매각한다. 이렇게 해서 정운호 대표는 화장품 업계의 신화로 남게 된다. 다시 3년 후 정운호 대표는 네이처리퍼블릭을 인수하며 다시 화장품 업계에 진출하게 된다.

레고

레고의 명성은 특허 등록한 레고블록에서 시작한다.

레고사는 블록간 결합에 대한 기술을 1958년에 특허 등록했으나, 특허가 만료된 1983년부터 엄청나게 많은 경쟁 상대들과 싸워야 했다.

레고는 세계적인 조립식 블록완구를 제조하는 회사로 1932년 창업이래, 현재는 세계에서 6번째로 큰 회사로 성장했다. 레고사의 2017년 매출은 6조 2천억 가량이며, 영업이익률은 상당히 높아서 2017년 영업이익은 1조 8천억에 달한다.

레고는 1932년 덴마크의 목수 올레 키르크 크리스티 안센이 창업하였는데, 초기에는 나무 완구 위주로 제작을 했다. 그 후 기술이 발달하여 플라스틱을 이용한 제조가 가능해서 장난감도 플라스틱으로 사출하여 제작이 가능해졌다.

1949년 레고사에서는 레고 브릭을 출시하게 되는데 여기에 필요한 핵심기술은 영국의 키디크래프트사에서 발명한 자동 잠김 브릭이었다. 레고사에서는 이 특허를 이용하여 비로소 오늘날의 블록 모양의 장난감을 만들게 된 것이다. 하지만 이 블록은 블록끼리의 결합성이 약해서 큰 인기를 끌지는 못했다.

1954년부터 레고사업에 참여한 창업주의 아들인 고트프레트는 블록끼리의 결합력을 높이는데 무수한 시도와 시간을 투자하여 개발하였다. 5년간의 노력 끝에 탄력 있는 ABS 라는 신소재를 이용하여 블록끼리의 결합력이 뛰어난 블록을 개발하게 되어 1958년 특허 발효가 된다. 이 후로 이 특허는 25년 동안 유지되어 레고사의 비약적인 발전을 이루게 된다. 25년 이후 특허가 종료된 1994년부터 레고사는 다시 한 번 위기를 맞지만, 특허 기간인 25년간 레고사는 세계적인 완구 회사로 발전하게 된다.

이 후 레고는 황금기를 맞이하게 되는데 전 세계는 전쟁이 끝난 1960년대~80년대까지 폭발적인 인구증가를 맞이하는데 생산이 수요를 따라가지 못할 정도로 승승장구하며 성장하게 된다. 특히 레고사는 오랜 연구 끝에 개발한 블록간의 결합방식에 대한 특허는 시장을 독점적으로 가져갈 수 있게 하였다. 이와 같이 레고블록에 대한 특허는 레고사의 첫 번째 성공의 터닝포인트가 되었던 것이다.

1994년부터 레고사는 10년간 위기를 맞이하게 되는데 주요 2가지 요인이 있었다.

첫 번째는 25년간의 블록에 대한 독점적인 특허가 만료되어서, 어느 누구나 블록을 제조 할 수 있게 된 것이다. 특히 저가의 블록들이 시장에 쏟아지면서 상대적으로 고가였던 레고 블록의 판매 침체를 가져온 것이다. 기존에 겪어보지 못한 새로운 경쟁자들이 나온 것이다.

두 번째는 1994년 비디오게임인 소니 플레이스테이션이 출시되어 본격적으로 비디오게임 시대가 온 것이었다. 곧이어 닌텐도 게임기, 마이크로소프트에서도 X박스 등도 출시하여 경쟁을 더욱 가속화시켰다. 또 개인용 컴퓨터 보급이 늘어나면서 컴퓨터를 통한 게임시장 또한 커지게 되었다. 1994년부터 레고사의 매출은 급감하기 시작해 1998년에는 4800만 달러라는 엄청난 적자를 기록하게 된다. 특히 2003년,2004년에는 대규모 적자가 누적돼 회사는 파산위기에 몰리게 된다.

레고는 그 동안 창업자 가족이 경영을 맡다 보니 전문적인 경영을 할 수 없었는데, 드디어 2004년 전문 경영인 CEO 체계로 전환하여 회사는 회생의 전환점을 맞게 된다. 전문경영인인 외르겐

비 쿠누드스토르프은 회사의 문제점들을 정리해서 구조조정을 먼저 단행하는데, 주요 내용들은 레고 블록의 호환과 직접사업을 라이선스 방식의 간접사업으로 돌리는 것이었다.

이전까지 레고는 수많은 디자이너들이 디자인을 제각각하는 바람에 레고블록 간에 호환이 안 되었다. 같은 레고 블록이라도 전혀 다른 장난감이었던 것이다. 이렇게 되면 문제점은 각기 다른 사이즈의 레고블록은 개별 생산을 해야 하기 때문에 생산 단가도 높을 뿐더러 블록 간에 결합이 불가능해 고객 입장에서는 하나의 시리즈가 아닌 개별 장난감에 불과하게 된 것이다. 이런 여러 가지 문제점들을 구조 조정해나갔으며, 좋은 아이템들도 받아들여 레고는 새롭게 변화되기 시작했다.

레고의 외르겐 비 쿠누드스토르프가 CEO가 되면서 기존 사업방식과 많은 부분에서 변화가 일어났는데,

첫째, 레고블록이라는 핵심 사업에 집중한다. 과거의 인기 브랜드들을 다시 살려 기본기를 다지게 된다.

둘째, 중구난방이던 생산방식을 통일하여 생산원기를 줄인다. 그 동안 수많은 디자인의 레고 블록들을 정리하여 생산 라인을 간소화시킨다.

셋째, 비 핵심 사업은 라이선스 방식으로 돌린다. 레고가 위기에 처하기까지 수많은 관련 사업을 해서 실패한 사례가 많은데, 이런 외부 사업들은 매각하거나 라이선스료만 받는 방식으로 사업전환.

넷째, 흥행에 성공한 영화와 같은 외부 창작물에 라이선스 비용을 주고 도입한다. 스타워즈나 헤리포터 시리즈 같이 크게 흥행에 성공한 작품에 지적재산권 비용을 주고 레고완구를 개발한다.

다섯째, 완구에 스토리를 입힌다. 영화 스토리 중에 레고 장난감들이 주인공이 되어 활약하는 바이오니클, 레고 닌자고 등이 대 성공을 거둠.

스타워드에 라이선스비용을 주고 개발한 레고 스타워즈는 엄청난 성공을 거두어 레고 전체 매출의 20% 가까이를 차지하기도 했는데, 이와 같은 성공 방식을 계기로 레고는 이 후 부터 흥행에 성공한 영화 등에 라이선스비용을 주고 여기 스토리에 맞는 레고 블록들을 출시하게 된다. 장난감에 스토리를 불어넣는 방식은 대 성공을 거두어 2015년에는 6조가 넘는 매출을 기록하게 된다. 레고에 스토리를 입힌 판매 방식은 레고를 제2의 전성기로 이끌게 된다.

마이크로소프트

IBM PC의 중요한 운영체제를
마이크로소프트에 외주 줬다가 망했다.

    단순 앱 개발사로 머물 뻔했던 마이크로 소프트의 최대의 터닝포인트는 IBM PC의 호환 운영체제의 개발과 판권 획득이었다.

    1975년 인텔의 8080 마이크로프로세서를 이용해 만든 최초의 개인용 컴퓨터 알테어 8800이 출시되었다. 빌게이츠는 당시 하버드대학생으로 이미 고등학교 시절부터 소프트웨어 개발을 시작해서 실력을 쌓고 있었다. 알테어컴퓨터가 출시되자 빌게이츠는 여기에 맞게 구동되는 베이직언어를 만들게 되어 1975년 마이크로소프트가 만들어지게 된 것이다.

하지만 빌게이츠가 만든 베이직언어는 이미 1964년 존 케메니가 만든 언어를 개선하여 현재의 컴퓨터에서 구동되도록 한 것인데, 일반인도 조금만 공부하면 프로그래밍을 할 수 있도록 만든 인간 친화적인 언어였다.

컴퓨터가 알아들을 수 있는 언어는 사실상 0과 1이다. 이것을 기계어라고 하는데 전문적인 프로그램 개발자가 아니고는 일반인들이 접근하기 어려운 영역이다. 베이직언어는 인간이 이해할 수 있는 언어이고, 기계어는 기계가 이해할 수 있는 언어인데, 결국 베이직언어는 기계어와 인간의 통역 수단의 언어라고 보면 되는데 베이직코드로 들어온 내용을 기계어로 변환시켜준다고 보면 된다.

빌게이츠의 성향은 무언가를 최초로 개발하는 창조자의 방식은 아니었다. 애플이 세상에 없는 제품을 창조해내는 기업이라고 하면 빌게이츠는 기존 만들어진 것을 상업화시키는 천재적인 면모가 있었다. 이 당시만 해도 저작권이나 특허권에 대한 개념이 희미한 상태여서 어떤 소프트웨어도 저작권 보호를 받지 못하던 시절이었다. 어떻게 보면 빌게이츠가 소프트웨어 저작권 개념을 도입한 선구자였다.

개인도 사용 가능한 알테어 컴퓨터가 출시되자 여기에 필요한 개발언어의 필요성을 직감한 빌게이츠는 존 케메니가 창조한

베이직언어를 소스코드를 변형하여 알테어 컴퓨터에서 구동되도록 만들었다. 빌게이츠는 알테어8080을 만든 애드 로버츠와 계약을 맺고 알테어에 베이직언어를 공급하게 된 것이다.

이걸로 마이크로소프트가 큰돈을 번 것은 아니었지만 마이크로소프트라는 회사를 알리기에는 충분했다. 어쩌면 이것이 계기가 되어 나중에 IBM의 운영체제를 개발하게 된 것일 것이다.

1980년대가 되자 개인용 컴퓨터 시장에서 애플은 엄청난 성장을 했고, IBM마저도 위기를 느끼게 되었다. 당시 메인프레임 위주의 슈퍼컴퓨터를 개발하는 IBM 회사는 우리나라의 삼성과 같은 수준으로 그 위상이 대단한 회사였다. 하지만 컴퓨터 환경이 갈수록 기업용 메인서버에서 개인용 퍼스널컴퓨터 시장으로 빠르게 확대 되면서 위기를 안 느낄 수가 없었다.

퍼스널컴퓨터 성능이 빠르게 좋아지면서 기업용 컴퓨터를 빠르게 대체해나가고 있었다.

IBM도 개인용 컴퓨터 시장에 참여할 수밖에 없었는데, 문제는 하드웨어는 빨리 만들 수 있었지만 운영체제를 만드는 데는 꽤 많은 시간이 소요되어 IBM에서는 운영체제를 아웃소싱으로 만들어줄 회사를 찾고 있었다.
당시만 해도 지금과 같이 운영체제가 몇 가지로 통일된 것이 아니라 컴퓨터 한 종류당 운영체제 한 종류, 이런 방식이라 수많은 운영체제가 공존하고 있었다. 컴퓨터 하나가 출시되면 운영체제도 하나가 출시되는 그런 방식이었던 것이다. 물론 운영체제 간에는 호환이 이루어지지 않아 불편함이 많았다.

이 당시 미국에서 가장 많은 컴퓨터에 쓰이는 운영체제는 게리킬달이 개발한 CP/M 이었다. 빌 게이츠가 만든 마이크로소프트사는 이런 운영체제를 개발하는 회사가 아닌 컴퓨터용 언어와 응용소프트웨어(앱) 개발회사였다. 이건 확연하게 다른 분야이다. 마치 아시아나항공과 KTX 정도의 차이라고 할 정도로 완전 다른 분야의 회사이다.

그런데 IBM에서는 운영체제를 개발 하려고 빌게이츠와 접촉하게 된다. 그런데 빌게이츠는 어떤 운영체제도 개발한 경험이 없었고, 처음에는 게리킬달을 소개하지만 결국 IBM은 마이크로소프트와 운영체제 라이선스 계약을 맺게 된다. 사업수완이 좋은 빌게이츠는 CP/M 라이선스를 구매하여 내용을 조금 개조하여 MS-DOS 라는 운영체제를 IBM에 납품하게 된다.

마이크로소프트의 공동 창업자였던 폴 앨런마저도 어떻게 이렇게 짧은 시간에 빌게이츠가 CP/M을 개조하여 MS-DOS를 만들었는지 도저히 이해할 수 없는 천재성을 가졌다고 회상한다. 하지만 나중에 MS-DOS가 자신이 개발한 CP/M을 부분 개조했다는 사실을 안 게리킬달은 특허침해를 항의했고, IBM에서는 고소하지 않는 조건으로 게리킬달도 CP/M을 IBM용 운영체제로 판매할 수 있는 허가를 내주긴 하나 MS-DOS보다 6배 정도 비싼 CP/M은 거의 판매가 이루어지지는 않았다.

그런데 IBM은 왜 특허 침해를 알면서도 게리킬달이 아닌 빌게이츠의 손을 들어줬을까? 그건 OS의 가격 때문이었다. 빌게이츠는 어차피 자기가 수년 동안 개발한 것도 아니라, 라이선스당 4달러 정도밖에 받지 않아도 충분히 이윤이 있었다. 그에 반해 게리킬달은 6배인 라이선스당 24달러를 IBM에 요구해서 거절이 된 것이었다.

여기에는 빌게이츠의 사업수완이 작용했다. 라이선스당 4달러에 계약하는 대신 마이크로 소프트도 MS-DOS를 외부 컴퓨터 개발사에 팔 수 있도록 허가해주는 조건이었다. 사실은 이계약이 오늘날 마이크로소프트가 있게 한 '신의 한 수'였다. 이게 아니었더라면 지금도 모든 컴퓨터들은 애플컴퓨터와 같이 소스 비공개 형태가 되어 컴퓨터산업의 발달에 늦어졌을 것이다.

마이크로소프트의 이런 형태의 계약으로 인해 MS-DOS 는 수많은 컴퓨터 회사에 팔려나갔고, MS-DOS를 장착한 컴퓨터는 IBM컴퓨터와 동일한 응용소프트웨어가 호환이 이루어져 판매는 더욱더 가속화되었다. 오픈 라이선스 방식은 IBM에 치명타였다.

IBM 컴퓨터는 수많은 군소 컴퓨터회사들과 경쟁해야 하는 상황이 벌어진 것이다.

많은 경쟁상대가 있다는 것은 그만큼 마진이 작다는 것을 의미한다. 이미 세계 컴퓨터 시장의 표준이 되어버린 MS-DOS는 더 이상 IBM이 필요치 않은 상황에 이르러 MS-DOS는 독점적 위치에 서게 되었다.

지금은 전 세계 PC 운영체제시장의 90% 이상을 장악하게 되어 완전한 독점회사가 되어 가격조차도 마음대로 정할 수 있게 되었다.

Turning Point ─ 마이크로소프트의 또 번의 터닝포인트는 윈도우즈 운영체제 였다.

1980년대 초까지만 해도 마이크로소프트는 애플의 응용소프트웨어를 개발한 협력업체 수준이었다. 하지만 애플이 매킨토시용 응용소프트웨어 협력사들을 구하는 과정에서 매킨토시 소스를 오픈할 수밖에 없었는데, 이것이 마이크로소프트의 윈도우를 만들게 된 원인이 되었다. 이 당시만 하더라도 PC화면은 각종 명령어를 자판을 통해 입력해야만 되었으나, 매킨토시의 마우스를 통한 입력방식과 GUI는 그야말로 획기적인 차세대 컴퓨터였다.

빌게이츠는 즉각 IBM운영체제를 윈도우즈 방식으로 기획하

/ 도 대 체 어 떻 게 성 공 한 거 야 /

58

고 개발에 착수하게 되었는데, MS-DOS와 윈도우즈를 서로 호환되게 유지했던 것이 사업을 성공으로 이끌었다. 빌게이츠는 MS-DOS에서 운용되던 소프트웨어들이 윈도우에서도 동일하게 작동되게 했던 것이다. 예전에 PC를 보면 부팅 시 운영체제를 MS-DOS를 선택할 지 윈도우즈를 선택할지 묻는 선택창이 뜨곤 했었는데, 이것은 바로 운영체제의 호환이 이루어졌다는 뜻이다. 결론적으로 윈도우즈는 MS-DOS의 통역프로그램 개념으로 이해하면 좋을 것이다.

윈도우즈를 MS-DOS와 호환시키려는 이런 결정은 오늘날의 마이크로소프트를 만든 성공의 터닝포인트가 되었다고 봐도 과언이 아니다.

반면 애플사에서 만든 매킨토시는 기존 애플컴퓨터와 호환이 되지 않아 응용소프트웨어 회사들은 매킨토시에 맞는 응용 소프트웨어들을 새롭게 개발해야 하는 부담이 있었다. 이런 실패에는 스티브잡스의 폐쇄적인 성격이 작용하였는데, 스티브잡스의 머릿속은 호환이라는 개념이 없었다. 새로운 컴퓨터는 새로운 운영체제로 운용되어야 한다고 생각했었던 것 같은데, 이런 사고방식은 PC 초창기 때나 먹혔던 방식이다. 1980년대는 이미 컴퓨터 생태계가 구축이 되어 수많은 응용소프트웨어들이 정착을 한 상황이었다.

매킨토시를 애플에서 만든다고 해서 협력사들이 여기에 맞는 소프트웨어들을 바로 바로 만들 수가 없는 상황이기도 한데, 이미 응용소프트웨어들 자체가 굉장히 복잡하게 발전한 상태여서 새로운 운영체제에 맞는 커스터마이징이 거의 불가능할 정도여서 개발비만 하더라도 엄청난 금액이 소요되는 작업이었다.

　이러한 실패를 겪어서인지 향후 애플은 OS를 통합했고 아이맥, 아이팟, 아이폰, 아이패드 등 아이가 들어가는 모든 제품은 애플의 운영체제인 OS X로 통합되어 응용소프트웨어 들을 호환해서 쓸 수가 있었다. 예를 들어 아이팟에서 사용하는 음원소스 플랫폼인 아이튠즈는 아이폰이나 아이패드 등에서 사용이 가능하다.

　이와 같이 운영체제가 PC사업에서 얼마나 중요한지를 실감했을 텐데, 뒤늦게 우리나라 삼성 같은 대기업에서 스마트폰 운영체제인 타이젬을 개발해서 운용해보지만 큰 성과를 거두지는 못하고 있다.

　삼성이 인도에 진출해 보급시킨 저가형 스마트폰의 운영체제가 바로 타이젬인데 라이선스 비용 같은 것도 아낄 수 있어서 저가로 보급이 가능했으나 인도 외의 국가에서는 그다지 성공을 거두지 못하고 있다. 삼성이 스마트폰 운영체제인 안드로이드 관련 회사에 라이선스비용으로 지급하는 돈만 연간 조 단위가 넘는데, 우리나라도 이와 같은 소프트웨어 분야로의 개발이 아쉬운 부분이기도 하다.

맘스터치

가성비로 무장한 맘스터치! 맥도날드, 버거킹과 한판 붙다.

그저 그런 평범한 치킨배달 브랜드에서 유명 브랜드인 맘스터치로 전환하는데 결정적인 터닝포인트는 가성비갑(신선도, 양, 가격)이었다.

맘스터치의 역사는 1997년 미국치킨 브랜드인 파파이스를 운영하고 있는 TS해마로(CJ계열사)이다. 그 당시의 브랜드는 맘스터치가 아닌 맘스치킨이었는데 배달 전문 치킨과 햄거버 프랜차이즈였다.

하지만 맘스치킨은 워낙 맛이 없다는 걸로 유명해져서 결국 망하게 되어 분사를 시키게 되는데 그 당시 구매담당 총괄이었던 정현식 상무가 대표를 맡고 분사를 하는데, 2007년 본격적으로 인수하여 카페형 맘스터치로 시스템을 바꾸게 된다. 그 후 싸이버거가 히트하면서 다시 살아나게 되는데, 이런 이유에서인지 사람들은 맘스치킨을 햄거버 브랜드로 아는 경우가 많았다. 그래서 브랜드명도 맘스치킨에서 치킨을 빼고 햄버거에 더 주안점을 둔 맘스터치로 브랜드명을 바꾸게 된다.

맘스터치는 우선 기존 패스트푸드와 차별 점을 두었는데 그건 수제버거 시스템이었다. 보통 패스트푸드 시스템은 음식을 빨리 내보내기 위해서 주문이 들어오기 전부터 웬만한 음식의 조리가 다 되어있는 상태에서 만들어지는 시스템인데, 맘스터치는 이것과 반대 개념을 시도한 것이다. 애프터오더 방식인데 이건 수제버거라고도 할 수 있다. 주문이 들어오고 나서 패트를 굽고, 야채를 썰고, 조리를 하는 것이다. 보통 패스트푸드가 1-2분 안에 조리가 된다면, 수제버거 시스템은 10분 이상이 소요되어 좀 기다려야 한다. 대신 음식의 맛은 훨씬 신선하고 식감이 좋다.

두 번째 차별 점은 가성비를 높이는 것이었다. 가성비를 높이자면 맘스터치의 다른 비용을 줄여야 하는데 그건 광고비와 임차료였다. 맘스터치는 유명 패스트푸드 프랜차이즈와 같이 광고비를 많이 쓰지 않는다. 또한 임차료가 굉장히 높은 시내 중심가에는 매장을 내지 않는다. 이렇게 절약한 비용으로 맘스터치의 가성비를 높일 수 있었는데, 타 패스트푸드 햄버거보다 30% 가량이 저렴해진 것이다. 특히 주력 햄버거는 싸이버거였는데, 유명 패스트푸드점에서 5000원대 이상을 받는 금액을 3000원대로 낮춘 것이 주효했다.

가성비가 높아지니 고등학생, 대학생 등 20대 초반 층에서 폭발적인 인기를 누리게 되었고, 각종 SNS, 유튜브 방송을 통해 가성비 비교가 입소문을 타고 퍼져 나갔다. 1년에 100개 이상씩 늘고 있는 가맹점들도 광고나 사업설명회를 통해 가맹이 된 것이 아니고 이런 입소문을 타고 가맹점이 늘게 된 것이었다.

가성비가 좋다는 소문이 퍼지면서, 신규 매장들은 굳이 임차료가 비싼 메인 상권에 위치하지 않아도 고객들이 입소문을 타고 오기 때문에 변두리나 2층 등에 매장이 생기는 경우가 많았다. 이렇게 해서 절감한 임차료는 다시 햄버거의 가성비를 높이는데 써지니, 가성비의 선순환 구조가 되어버린 셈이다.

이와 같은 방식으로 줄곧 성장한 맘스터치는 2012년 300개를 넘지 않은 매장수가 2018년 현재는 1100개를 돌파하게 된다. 또한 매출액과 영업이익도 가파르게 상승해서, 맘스터치의 매출액추이는 2015년 1486억, 2016년 2019억, 2017년 2576억으로 꾸준히 늘고 있으며, 점포수 또한 2015년 825개, 2016년 990개, 2017년 1080개로 늘었으며 영업이익은 2015년 88억, 2016년 169억, 2017년 214억으로 지속적으로 상승하고 있다.

맘스터치는 드디어 2016년 코스닥시장에 상장을 하게 되고, 2018년 현재 시가총액은 2800억 원에 달한다. 이 회사의 특징적인 점은 코스닥에 상장했는데도 불구하고 대주주 지분이 70%가 넘는다는 것이다. 그만큼 회사운영에 의지가 있다고 할 수 있겠다.

맘스터치는 해외진출도 진행하고 있으며 대만, 중국, 베트남, 미국 등 진출을 한 상황이다. 3년 후 매출 목표는 현재의 2배 수준인 5000억 원을 목표로 하고 있으며, 현재 막대한 영업이익을 재투자한다면 충분히 가능한 시나리오라고 보인다.

메가스터디

메가스터디를 성공으로 이끈 거액 연봉의 스타강사들

메가스터디의 성공의 터닝포인트는 스타강사들의 영입이었고, 그들이 만든 수준 높은 콘텐츠들이었다.

2000년 7월에 설립된 메가스터디는 2004년 코스닥 상장을 하며 2007년에는 시가총액 1조를 달성했고 얼마 후 시가총액 2조원도 넘어서게 되는 큰 성공을 이룬다. 메가스터디는 현재 메가스터디교육(주), 메가엠디(주) 등 18개 계약사를 거느린 대기업으로 성장한다. 2000년 설립 당시 직원 5명으로 출발 했던 메가스터디가 어떻게 단기간에 이렇게 급성장을 했을까? 설립 7년 만에 시가총액 1조원을 달성한 기업이 한국에 또 있을지 모르겠다.

메가스터디를 창업한 손주은 대표는 서울대 사학과 재학 시절부터 과외를 시작해서 많은 경험을 쌓는다. 과외를 하면서 인기가 대단했는데 학생들이 몰려 1년에 1억 원(현재 가치로 10억 원 정도)을 벌 정도였다. 그러면서 자신이 학생을 가르치는데 천부적인 소질이 있다는 것을 알게 된다. 졸업을 하고 본격적으로 학원을 설립하여 운영하다가 2000년 스타강사들끼리 모여 메가스터디를 설립하게 된다.

메가스터디를 운영하면서 손주은 대표는 지금의 인터넷 강의 시스템을 기획하게 되는데 같은 이런 과정에서 동업자 2명은 회사를 떠나게 된다. 그 후 메가스터디는 매출이 성장하여 2004년 코스닥에 상장하게 되었고, 몇 년 후 시가총액 1조원의 회사로 성장하게 된다.
그렇다면 메가스터디의 성공비결은 무엇이었을까.

첫째, 공격적인 스타강사 영입이었다. 주로 TV에서 이름을 날리는 스타강사 위주로 영입을 하게 되는데, 메가스터디의 강사 수입은 강의료의 23%를 받게 되는 시스템으로 일부 스타강사들은 연간 몇 십억 원의 수익을 올리기도 했다. 이런 시스템은 더 많은 스타강사들을 영입할 수 있는 동기를 불어넣게 되었다.

둘째, 오프라인 강의와 온라인 강의를 조합해서 커리큘럼을 만들었다. 오프라인 강의를 하면서 그중 일부를 온라인에서 수강하게 한다든지, 온라인 강의를 들으면 오프라인 강의를 무료로 듣게 해준다든지 하는 온오프라인 연계 시스템이 온라인 강의의 활성화를 이끌었다.

셋째, 온라인 강의의 확장성이다. 메가스터디의 강사들은 스타강사들이기 때문에 모르는 학생이 없다. 하지만 지방이나 원거리에서는 강의를 들을 수 없다는 공간적 한계가 있다. 온라인에서도 동일하게 오프라인 강의를 들을 수 있게 함으로써 강의를 들을 수 있는 대상자가 거의 무한대로 늘어났다. 게다가 강의료 또한 절반 수준이라서 강의를 듣는 학생 수는 엄청나게 늘어난 것이다.

이와 같이 메가스터디는 스타강사에게 거액의 연봉을 주는 시스템에서 국내 최고의 콘텐츠들이 탄생했고, 이런 콘텐츠를 수강하기 위해 학생들은 몰려들게 된 것이다.
어떤 사업은 가성비를 앞세워야 성공하지만 어떤 사업은 최고의 콘텐츠를 제공해야 성공할 수 있으며, 또 어떤 사업은 마이크로소프트와 같이 초기 단계에 독점으로 유지해야 한다. 또 어떤 사업은 카카오와 같이 빠른 시간에 대중화시켜야 한다.
메가스터디와 같은 사업은 초기비용이 많이 들고, 경쟁사가 생긴다고 해도 스타강사를 재영입하기가 쉽지 않으므로 거의 독점에 가까운 사업이다. 그래서인지 메가스터디를 견제할 만한 대항마가 인터넷 상에는 없어 보인다.

멜론

민원 많은 자동연장 결제를 도입한 멜론

멜론을 위기에서 구한 자동연장결제! 고객들의 많은 민원이 있었지만 선택의 여지가 없었다.

2016년 1월 스타인베스트먼트는 멜론을 카카오에 매각한다. 총 매각 대금은 총 1조 5063억 원으로 초대박을 터트린 사건을 기억할 것이다.

어떻게 무명의 멜론은 15년 만에 초대박을 터트린 회사가 되었을까?

2000년대 초 인터넷 음원시장은 벅스뮤직, 소리바다 등 음원을 무료로 제공하는 쟁쟁한 경쟁 상대들이 즐비했다. 하지만 저작권법이 강화되면서 더 이상은 무료로 음원을 소비자에게 제공할 수 없게 되자 음반사에서 음원을 사다가 유료로 서비스를 제

｜도대체 어떻게 성공한거야 ｜

공할 수밖에 없게 되었다.

인터넷에서 공짜로 음악을 듣다가 갑자기 돈을 내라고 하면 소비자들은 다 떠날 수밖에 없다. 하지만 저작권법이 강화되어 무료로 음원을 제공하던 업체들이 형사 처분을 받기 시작하자, 무료 음원 사이트들은 모두 사라지게 되었다. 그러면 유료로 거부감 없이 싼 가격에 음원을 제공하는 방법을 많이 고민하게 되었을 것이다.

당시 음반사에서 제공하는 음원 비용이 결코 싼 가격이 아니므로 정상적으로 마진을 남기고 판다면 비싼 가격에 소비자들은 하나 둘씩 떠날 수밖에 없는 실정이었다. 이때 멜론에서 도입한 결제방식은 소액자동연장결제 방식이었다.

보통 결제는 한번 구매에 한번 결제하는 것이 정상이었으나 자동연장결제방식은 핸드폰이나 신용카드로 매달 자동으로 결제가 되어 돈이 빠져 나가는 방식이었다. 당연히 고객의 민원이 많을 수밖에 없는 방식이었다. 그럼에도 불구하고 이 방식을 업체들이 선호하는 이유는 이 당시만 하더라도 PG사에서 고객들에게 결제통보를 안 한다는 것이었다. 그러므로 고객들은 자기 핸드폰이나 신용카드에서 결제가 되고 있는 사실을 몰라 연장결제 해지를 잘 안 한다는 것이다.

연장결제가 들어가기 전 고객에게 통보를 하지 않기 때문에 재연장 결제율은 90%가 넘어 섰을 것으로 추정된다. 이 방식은 그 이전에 주로 사용되었던 건 바이 건 결제방식과는 달라서 고객이 인지하지 못하는 경우가 많아 민원도 꽤 많은 좀 문제가 많은 방식이었다.

　　하지만 많은 민원에도 불구하고 멜론은 이 방식을 채택하였다. 멜론 유료화 서비스한지 얼마 안 되었던 데도 불구하고 매월 자동연장결제로 입금되는 돈이 30억 원이 넘어섰다. 일약 대박을 터트린 것이다. 지금은 네이버도 이 방식을 쓸 정도로 보편화되어 소비자들의 거부감은 별로 없는 방식이기도 하다.
이 당시 자금에 허덕이던 다른 벤처기업들과는 달리 확실한 캐시카우를 가지게 된 멜론은 승승장구하며 회사를 키워나가게 된 터닝포인트가 된 것이다.

배달의 민족

광고의 질에 승부를 건 배달의 민족

디자이너 출신 CEO의 강점은 광고였다. 단순 외주로 맡겨버린 것이 아니라 광고에 모든 걸 걸었기 때문에 성공이 있었다.

2010년대에 배달앱들이 많이 생겨났는데, 배달앱의 컨셉은 생활정보지의 배달광고를 핸드폰 앱으로 옮긴 방식이다. 생활정보지의 배달광고는 정보의 불균형을 초래했는데, 그 지역의 일부 음식점들만 광고를 게재했을 뿐만 아니라 그 음식점에 평판을 알 수 없기 때문에, 음식이 어떤지는 시켜 먹어봐야 한다.

배달앱은 오픈하자마자 굉장한 호응을 얻게 되는데 이런 불편함의 해소를 원했기 때문일 것이다. 더군다나 이런 배달앱의 시초가 전 세계에서 대한민국이었다는 것도 한편으론 자부심이 들기도 하다.

배달의 민족은 2010년 06월 아이폰용 앱 개발을 시작으로 서비스를 개시하게 되는데 사실은 이보다 2달 앞서 세계최초로 배달앱이 출시가 되는데 바로 배달통이었다. 배달통은 페이스북을 이용한 타깃팅 광고로 많은 이용자를 확보하였다. 가입자가 실구매자이다 보니 재방문율 1위를 유지했고, 결제율도 60%가 넘었다. 배달통은 2014년 독일계 글로벌 기업 '딜리버리 히어로즈'에 인수되는데 그 후에는 그다지 눈에 띄는 행보는 보이지 않고 있다.

당초에는 국내 배달앱 시장이 배달의 민족, 배달통, 요기요의 3파전이 될 것으로 예상했으나, 2014년 류승룡의 광고 이후로 너무도 격차가 벌어져 3개 회사의 각축전은 싱겁게 결말이 나버렸다. 류승룡의 '우리가 어떤 민족입니까?' 라는 광고는 너무 유명해서 온갖 패러디물을 만들어내기도 했는데, 이 광고는 2014년 광고대상을 받기도 한다.

2014년 배달에 민족에 밀려버린 요기요와 배달통은 생존을 고민해야 할 상황에 놓이는데, 2015년 요기요를 서비스하는 딜리버리 히어로즈는 배달통을 인수하게 되어, 점유율을 늘려 보려고 하지만 배달의 민족을 따라잡기는 역부족이었다.

2018년 초 현재 배달의 민족 매출은 이미 요기요+배달통을 합친 매출의 2배 정도가 되어 버렸고, 이 격차는 더 벌어질 것으로 보인다. 배달의 민족이 이렇게 파죽지세로 국내 배달앱 시장을 석권한 것은 광고에 있다고 보는 관측이 주류이다. 배달의 민족 대표가 유명 포탈의 디자이너 출신이다 보니 광고의 강점이 많았다. 더더군다나 배달의 민족은 자신만의 폰트인 한나체를 개발하여 자사의 광고에 이용할 뿐더러 무료배포까지 하고 있다.

2014년까지만 해도 3개의 배달앱은 비등비등한 점유율을 유지하고 있었지만 2014년에 배달의 민족이 4개의 벤처캐피탈로부터 120억을 투자 받아서 공격적인 마케팅을 벌일 수 있었다. 그 이전에 요기요가 공격적인 마케팅을 벌여 2014년 초 배달의 민족을 추월할 상황이었다. 하지만 120억대의 자금을 활용해 공격적인 마케팅을 벌인 결과 2014년 말에는 요기요를 2개의 점유율 차이로 제치게 된다.

그렇다면 배달의 민족은 어떻게 광고에서 승리할 수 있었을까.
배달의 민족의 광고를 보면 광고 컨셉자체가 굉장히 많다. 이건 한두 명이 광고를 기획 하는 방식이 아니라 집단지성을 활용한 광고라는 걸 알 수 있다. 아무리 뛰어난 광고기획자라고 해도 실제 컨셉은 그리 많지가 않다. 인간이 한 가지 사물을 볼 때 그렇게 여러 가지로 뇌가 생각하지를 않기 때문에, 보통 1-2가지로 컨셉이 정해져있는 것이다.

광고를 보면 어떤 건 재미있고, 어떤 건 유치하고, 어떤 건 경이롭고, 진짜 각양각색의 광고가 쏟아져 나온다. 명화를 패러디하는가 하면, 재미있는 포스터 광고, 각종 영화 패러디물, 또 이런 상황에 맞아 떨어지는 류승룡의 코믹함 등등 그야말로 이것저것 다 다 집어넣은 광고들이다. 그런데 결국 이러한 광고들은 성공했다. 그렇다면 성공한 광고라고 봐야 할 것 같다.

Turning Point 　배달의 민족의 성공의 두 번째 터닝포인트는 수수료 무료 정책이다.

2016년 자영업 자체가 굉장히 힘든 한해였다. 폐업만 80만 명이 넘어섰고, 최저임금 인상 등 굉장히 악재가 많았는데 그런 자영업자들에게서 배달 수수료로 1-2천원을 징수하는 배달앱에 대해 반감이 크게 다가왔다. 자영업이 힘든 것이 배달앱의 문제는 아니었는데도 왠지 여론 자체를 이리로 몰고 가는 느낌이 들었다.

김봉진 대표는 중대한 발표를 하는데 '수수료 무료'를 공식 선언한 것이다. 처음에 이런 발표를 했을 때 뭔가 잘못 생각한 것 아닌가 하는 생각이 들었다. 수수료 무료라는 것은 사용자보다는 음식점에게 혜택이 돌아가기 때문에 배달을 주문하는 고객들은 그다지 체감하지 못한다. 그래서 요기요나 배달통 같은 경우는 수수료를 유지하게 되는데, 특히 요기요 같은 경우는 2018년 현재까지도 수수료가 십 몇 프로가 된다.

수수료 무료를 선언한 이후 배달의 민족은 몇 달 만에 경영난이 빠지게 된다. 지금 현재는 배달의 민족은 수수료는 무료이지만 업체별 회원제로 운영하여 한 달 5만~8만 원 정도를 회비로 받는다. 수수료 무료의 효과는 서서히 나타난 듯하다. 배달의 민족 수수료가 무료라는 것은 알만한 사용자는 다 안다. 그런데 이건 왠지 사회에 기여하는 느낌과 상생의 느낌이 든다. 그래서인지 사용자들은 배달의 민족을 더 찾는 것 같다.

2017년 말 배달의 민족의 매출은 요기요+배달통 매출의 2배가량이 된다. 그만큼 성장했다는 뜻이다. 요기요와 배달통을 인수한 딜리버리 히어로즈는 외국 기업이다 보니 이런 비즈니스전략을 5년 이상 장기적으로 세우기 힘들다. 이건 해외 진출한 기업들은 어쩔 수 없는 것 같다. 중국에 진출한 이베이도 마찬가지였는데 알리바바가 수수료 무료 정책을 몇 년 펼치자 그냥 철수해 버린다.
해외 기업과 상대할 때는 이런 수수료 무료 정책을 사용하곤 하는데, 해외 기업은 손해 보면서 오래 버티지 못하기 때문이다.

주요 배달앱들의 매출 추이를 보자면,

배달의 민족 매출은 2016년 849억 => 2017년 1626억 으로 늘었으며 영업이익 또한 2016년 25억 => 2017년 217억 원으로 늘었다.
요기요 매출은 2016년 363억 => 2017년 672억 으로 늘었으며 영업이익 또한 2016년 160억 결손 => 2017년 29억 원 결손으로 집계됐다.
배달통의 매출은 2017년 270억 원으로 추정된다.

하지만 배달이 민족이 절대강자가 되기 위해선 넘어야 할 산이 하나 더 있다. 바로 카카오 이다. 배달 시장이 최근에 매년 2배의 성장 속도로 커지자 카카오가 2018년 배달앱 시장에 진출할 것이라고 발표한다.

이미 카카오는 2016년 배달대행업체 씨엔티테크의 일부 지분을 인수함으로써 배달업에 발을 들여놓게 되며, 학습을 시작했는데 2018년도 별도 배달앱을 출시해서 대대적인 이벤트로 사용자들을 끌어 모을 계획이다.

카카오는 카카오택시, 카카오드라이버 등 출시하는 앱마다 대성공을 거두게 되는데, 이는 기존 4000만의 카카오톡 이용자를 기반으로 하기 때문에 가능했던 일이다. 카카오택시는 애널리스트들이 평가한 가치가 벌써 1조원을 넘어설 정도로 성공하였는데, 카카오는 기존 4000만 사용자를 이용한 O2O 서비스를 계속 늘려갈 방침이다.

／ 도 대 체 어 떻 게 성 공 한 거 야 ／

• • •

하지만 배달의 민족은 2017년 네이버라는 우군을 갖게 되는데, 네이버가 2017년에 350억 원을 투자했기 때문이다. 카카오의 시장 진출을 네이버가 어느 정도는 막아줄 것으로 기대해 본다.

카카오까지 배달앱 시장에 진출함에 따라 앞으로 한국의 배달앱 시장은 배달의 민족 VS 카카오배달의 출혈경쟁이 가속화될 것으로 보인다.

샤오미

소프트웨어 회사가 스마트폰을 개발한 샤오미

샤오미의 터닝포인트는 스마트폰 판매수익이 아니라 소프트웨어를 통한 수익이었다.

샤오미는 중국의 소프트웨어 개발사인 킹소프트의 회장인 레이쥔이 2010년도에 창업하였다. 보통 스마트폰과 같은 하드웨어는 애플이나 삼성전자 같이 전통적인 제조업체가 하는 사업이었다. 샤오미의 레이쥔 CEO 같이 소프트웨어 회사가 스마트폰을 제조해서 성공한 사례는 없어 보인다.

하지만 샤오미는 2011년 스마트폰 MI 1을 발표해서 첫 해만 1870만대를 판매하게 된다. 2015년 1분기에만 3450만대를 판매하게 되었으며, 이미 2014년도에 중국 판매 1위로 올라서게 된다. 초기에는 애플짝퉁이라는 수식어를 달고 언젠가는 사라질 기업, 중국의 실수 등등 놀림을 많이 받는 기업이었으나 샤오미는 샤오미만의 전략과 뚝심이 있었다.

다른 하드웨어 제조사와 달리 샤오미는 소프트웨어 기업이라는데 주목해야 한다. 소프트웨어 전문기업이다 보니 소프트웨어로 수익을 내는 법을 충분히 알고 이 사업을 시작한 것이다. 샤오미의 기본 운영체제는 안드로이드를 기반으로 하지만, 독립적인 운영체제 MIUI를 기반으로 운용된다. 그러므로 앱을 통한 모든 수익은 샤오미 운영체제를 통해서 창출된다.

이 점은 삼성전자나 중국의 유수 스마트폰 회사들도 준비하지 못한 점일 뿐더러 운영체제를 독자적으로 개발한다는 것은 상당한 시간을 요하므로 운영체제를 만들 시간이 없었을 것이다. 샤오미가 소프트웨어 전문기업이다 보니 이런 경쟁력이 있었으며 이건 절대 무시하지 못할 경쟁력이다.

샤오미의 전략은 스마트폰에서 이익을 10% 이하로 남기고 나머지를 소프트웨어를 통해서 마진을 남기는 방식이었다. 스마트폰의 마진율은 애플이 35% 수준, 삼성전자가 20% 수준 이었으며,삼성전자는 소프트웨어를 통한 마진은 거의 없는 상태였다. 하지만 애플은 앱을 통한 마진도 상당하였다. 샤오미는 이런 애플의 사업구조를 충분히 이해하였고, 그 방식을 따랐던 것이다. 스마트폰 마진을 포기하는 건 전통적인 하드웨어 기업들은 상상도 하기 힘든 방식이다. 그렇다 보니 삼성전자와 같은 제조업체 기반의 스마트폰들은 일정 수준 이상의 마진을 가지고 갈 수 밖에 없었다. 샤오미가 성공할 수 있었던 건 바로 이 대목이었다. 샤오미는 하드웨어 마진을 거의 포기하다시피 했고, 판매도 대리점을 거치지 않고 인터넷 직판으로만 판매가 이루어졌다. 그렇다보니 샤오미폰의 가성비는 최고였다. 가격이 원래 저렴한데다 대리점 유통마진 자체가 없으니 최고의 가성비를 자랑하게 되었다.

이런 전략으로 샤오미는 매년 폭발적으로 성장했고, 2018년 1분기 순이익만 3500억 원 가량이 되어 글로벌기업이 되어버렸다. 샤오미의 2018년 발표된 자료에 따르면 하드웨어 마진을 5% 이상 가져가지 않겠다고 한다. 그만큼 가성비를 높이겠다는 전략인데, 이 방식은 아마존의 사업방식과도 유사하다. 가성비가 좋지 않은 삼성전자의 스마트폰이 중국시장에서 거의 퇴출되다시피한 것을 성공사례로 삼을 수도 있겠다.

샤오미의 전략을 종합해보자면 가성비는 꾸준히 늘려서 경쟁사들이 따라오지 못할 정도로 판매하고, 수익은 앱과 같은 소프트웨어에서 수익을 창출한다는 방식이다.

스타벅스

프랜차이즈가 아닌 직영체제만을 고집한 스타벅스

직영체제를 통한 전문 바리스타양성, 커피의 질 유지, 커피의 문화 유지를 고집한 스타벅스는 현재 세계를 장악하고 있다.

스타벅스나 맥도날드와 같은 외식업으로 빨리 수익을 올리는 법은 매장수를 급격하게 늘리는 것이다. 이익 = 매장수 x 마진율이기 때문이다. 그래서 국내 커피 체인점들은 매장수를 늘리기 위해서 대부분 프랜차이즈 방식으로 운영한다.

프랜차이즈 사업방식은 커피 전문점을 할 사장들을 모집해서 커피매장을 내고 커피 원료를 공급해서 매출을 올리면 각 매장당 월 200~500만 원 정도의 가맹 수수료를 걷는 방식으로 운영된다.

이렇게 하다 보니 각 매장은 동일한 간판을 걸고 사업하지만 각기 다른 방식으로 사업이 운영되기 쉬운데 아르바이트들의 숙련도, 태도, 커피 추출 난이도, 테이블 배치 등등 미숙한 부분이 보일 때가 많다. 또 재료 원가를 절감하기 위해 본사에서 받는 재료 외에 저가 품질의 재료를 사다 쓰는 경우도 많다. 그리고 무엇보다 문제점은 바리스타의 비 전문성일 것이다.

전문 바리스타 자격을 보유한 직원이 커피를 추출해서 만든 커피와 바로 어제 출근한 아르바이트가 급하게 추출한 커피는 분명 맛이 틀릴 것이다. 그러므로 비 숙련된 아르바이트가 추출한 커피는 스타벅스 매장보다 가격이 싸다고 할지라도 비싸게 느껴지는 것이다.

스타벅스와 같이 직영체제 사업방식 또한 문제점들이 있는데, 매장 수를 빨리 빨리 늘릴 수 없다는 것이다. 하지만 창업자인 하워드 슐츠는 커피품질을 유지하면서 매장 수를 늘리는 것이 중요하다고 했다. 프랜차이즈방식과 같이 급격하게 매장 수를 늘리다 보면 정작 중요한 커피 품질과 바리스타 숙련도에 문제가 생긴다. 고객들은 많은 매장 수에 관심이 있는 것이 아니고, 내가 마시는 커피의 품질에 관심이 있는 것이다.

프랜차이즈 커피 전문점에서는 주로 아르바이트가 커피를 추출하지만 스타벅스는 숙련된 바리스타가 커피를 추출한다.

스타벅스는 바리스타를 포함해 전 직원이 정규직으로 커피에 관해 전문적으로 교육을 이수한다. 스타벅스에 가면 직원들의 고객을 대하는 태도 등을 보면 알 수 있는데, 다른 커피 전문점에서의 알바들과는 확연한 차이가 있다.

사실 커피라는 것이 원가로 따지면 원두 몇 백 원짜리에 불과하다. 하지만 원두 몇 알을 가지고 어떻게 추출하여, 가장 사람들이 커피의 풍미를 느낄 수 있게 하는 것은 바리스타의 몫인 것이다. 우리는 이렇게 바리스타의 손을 거쳐서 10배 가치로 둔갑한 커피를 마시는 것이다. 그러므로 바리스타의 존재가 얼마나 중요한지를 알 수 있을 것이다.

스타벅스 매장은 사람을 돋보이게 만든다.

스타벅스 매장에 앉아있는 여자와 다른 커피 프랜차이즈 매장에 앉아있는 여자는 무언가 다르다는 느낌을 받곤 했는데, 하워드 슐츠가 말한 대로 "커피와 함께 경험과 공간을 파는 것이 주효했다" 라는 대목이 생각나는 순간이었다. 그만큼 스타벅스는 공간에 대해 차별점이 있었는데, 스타벅스 공간이라는 것은 무언가 사람을 돋보이게 만든다는 생각이 들었다.

스타벅스 매장의 테이블배치를 보면 마음에 드는 부분이 많았는데, 동네 커피프렌차이즈에 가면 모든 테이블이 일률적으로 동일하다든지, 많아도 2가지 이상의 형태의 테이블을 갖춰놓고 있지 않았는데, 어떤 구성의 테이블들은 사람들이 전혀 앉지 않았는데도 불구하고 몇 년간 동일한 형태를 유지하는 것을 볼 수가 있었다.

어떻게 보면 매장이 그다지 고객의 편의를 봐주지 않고 있다는 생각이 들 때가 많았는데, 이에 반해 스타벅스 매장의 테이블배치를 보면 각양각색의 테이블 구성이 있을 뿐만 아니라 사람들이 주로 착석하지 않는 테이블 구성은 분명 문제가 있는데 그런 형태의 테이블은 시간이 지나면 치워져있는 것을 볼 수 있었다.

스타벅스의 인적구성을 보면 바리스타 => 슈퍼바이저 => 부점장 => 점장 => 지역책임자 등과 같이 승진을 할 수가 있다. 부점장부터는 관리직으로 분류가 되서 본사의 혜택이 아주 많다. 또한 바리스타부터 모든 직원은 정규직으로 4대보험 대상자이다. 그만큼 한 달 잠깐 아르바이트 하기 위해 스타벅스에 지원하는 사람이 없을 뿐만 아니라 다들 전문적인 바리스타의 자격을 가지고 자부심을 가지고 업무에 임하는 것이다.

어떻게 보면 이 모든 것은 하워드 슐츠가 고집했던 직영체제였기 때문에 가능한 방식일 것이다.

시원스쿨

쉬운 영어단어의 연결로 대박을 터트린 시원스쿨

시원스쿨 성공의 첫 번째 터닝포인트는 회화의 기본인 영어단어를 연결하는 법을 알려준 것이다. 알고 있는 영어단어만 연결해도 외국인과 대화가 가능하다는 것이다.

연구 자료를 보면 미국인들이 대화에 사용하는 영어단어의 빈도수를 보면 상위 100개의 단어는 약 50%를, 상위 300개의 단어가 65%를, 상위 500개의 단어가 68%를, 상위 1000개의 단어가 무려 73%를 점하고 있다는 것이다. 또 연세대학교 영어코퍼스 연구 자료에 의하면 영어회화를 유창하게 하는 핀란드인의 경우 85%의 사람이 1천개 이하의 영어단어를 구사하고 93%의 사람이 2천개 이하의 영어 단어만을 구사한다고 한다.

실제 미국에서 전문직에 종사하는 사람도 3천 단어 수준의 언어만 구사해도 충분히 업무 진행이 가능했다고 한다. 반면 미국 교육평가원에 따르면 한국인의 영어 말하기 수준은 전 세계국가 중 121위를 차지하고 있을 정도인데, 한국은 대학 입시 전 5천개가 넘는 영어 단어를 외우고 영어 수능 문제는 영어권 국가 대학생들도 풀 수 없을 정도로 고난이도이기도 하다. 사실 영어권 사람들을 자주 만날 일은 없으니 회화보다는 독해나 쓰기가 더 중요하다고 할 수도 있다.

시원스쿨은 이런 부분을 해소시켜준 영어 교본이라고 할 수 있겠다. 굉장히 간단한 진리 인데, 평소 알고 있는 단어를 연결해주는 것을 주안점으로 삼았다. 특히 한국인이 영어에 익숙하지 않은 것은 목적어와 술어가 반대이기 때문인데, 이건 굉장히 오랜 시간동안 습관화되어있어서 이해하기가 쉽지 않다. 일본어의 경우 어순이 한글과 동일하므로 단어 2천개만 외우면 대충 일본 사람하고 대화가 된다. 하지만 영어는 문장 구조 자체가 반대라서 이것을 습관화시키는데 상당한 시간이 필요한 것이다.

인간이 습관을 바꾸는 시간은 과학적인 통계로 66일이 필요하다. 뇌가 습관을 받아들이는 시간은 21일이 필요하다. 이건 뇌 구조가 이렇게 생겼기 때문에 그냥 받아들여야 한다. 21일 동안 기존 습관과 다르게 하면 뇌는 그제야 이게 아니구나 하고 인식을 하게 되며, 66일 동안 기존과 다르게 하면 습관이 고착화되어서, 이젠 이렇게 안하면 뇌가 이상하게 생각할 정도로 변한다. 66일이면 거의 10주 정도의 시간이 필요한데, 10주 동안 시원스쿨의 쉬운 영어 단어 연결방식과 목적어와 술어를 거꾸로 하는 방식을 습관화시키면 자연스레 영어 말하기가 되는 것이다. 하지만 영어를 듣는 데는 이것보다 훨씬 많은 시간이 필요하다. 10주 만 시원스쿨방식의 트레이닝을 마치면 이게 나인가 하는 놀라움을 금치 못할 것이다. 사실은 원래 다 알고 있었던 단어들인데도 말이다.

이시원 대표는 이렇게 너무 간단하면서도 언어에 기본이 되는 원리, 즉 본질을 깨닫게 되는데 그건 캐나다 이민 시절이었다. 막상 17살 때 캐나다에 이민을 가니 영어를 안 할 수가 없었는데, 영어권 국가에서 객관적인 관점으로 한국어와 영어를 비교했을 때 알고 있는 단어에 어순만 거꾸로 하면 언어가 통한다는 사실을 알게 된 것이다.

그래서 영어를 그토록 싫어했던 이시원 대표는 1-2년이 걸리는 ESL과정을 3개월 만에 수료하게 되는데 이건 학교 역사상 최단 기간 기록으로 남게 된다. 이시원 대표는 24살에 캐나다 대학을 졸업하고 한국에 와서 이런 학습방식을 발전시키게 되는데 그것이 시원스쿨 인 것이다.

시원스쿨은 2010년 매출 100억 원을 넘어섰고, 이 후부터는 TV광고, 홈쇼핑광고, 지하철, 모바일, 쇼셜커머스 광고 등 광고 부분에 막대한 금액을 투자하게 된다.

2016년 한해 광고비만 176억 원을 썼는데 매출 또한 폭발적이어서 1287억 원을 달성했고 , 영업이익도 229억 원을 달성했다. 업계에 이전까지 없었던 과감한 투자였다. 덕분에 시원스쿨이라는 브랜드는 전 국민이 알아볼 정도로 성장을 하게 된다. 또 영어뿐만 아니라 일본어, 중국어, 스페인어, 프랑스어, 독일어, 러시아어, 베트남어, 인도네시아어 등 언어 영역 또한 계속 늘려나가고 있으며 2017년에는 중국 교육전문 투자 업체로부터 1300억 원을 투자를 유치하는데 향후 계획은 검증된 시원스쿨만의 기초영어 콘텐츠를 중국, 일본, 베트남 등 아시아 국가에 공급한다는 계획이다. 아직 교육 업체 중 해외에서 성과를 거둔 적이 없었는데, 한류 스타 등을 활용한다면 어학시장에서도 한류 돌풍을 일으킬 수 있지 않을까 기대해 본다.

시원 스쿨의 이와 같은 성공은 언어의 본질에 대한 깨달음에서 비롯된 것인데, 사물의 본질에 대한 성찰만으로도 이 같은 막대한 성공을 이룰 수 있는 것이다.

／ 도대체 어떻게 성공한 거야 ／

노마진으로 물건 팔아 대박 터트린 아마존

아마존은 세상에서 가장 몇 개 기업 중 하나지만 지금까지 그다지 돈을 벌어본 적이 없는 회사다. 아마존의 노마진 전략은 세계 유통시장을 거의 장악했다.

노마진으로 물건을 팔아 대박을 터트리다. 아마존 이전에는 상상도 할 수 없는 사업방식 이었다. 하지만 회사를 적자로 운영하면서 대박을 터트리는 이런 방식은 요즘은 실리콘밸리에서 너무도 흔한 사업방식으로 아마존 이후 많이 생겨나게 되었다.

한국에서도 비슷한 방식으로 대박을 터트린 기업은 쿠팡, 티켓몬스터, 위메프 등 대규모자본과 시장 장악력이 필요한 쇼셜커머스 회사들일 것이다. 이들 회사는 창업 이래 단 한 번도 이익을 낸 적이 없다. 하지만 회사 가치는 몇 조를 육박한다. 지금은 이렇게 적자를 내면서도 엄청난 회사가치를 유지하며 천문학적인 투자자금을 이끌어내는 사업방식이 실리콘밸리에서는 너무도 보편화되어있다. 아니 거의 대부분이라고 해도 과언이 아닐 것이다.

아마존은 창업 이래 지금까지 거의 이익을 내지 않고 있다. 하지만 회사가치는 곧 애플이나 구글을 넘어설 것으로 예상한다. 구글이나 애플은 1년에 몇 십조의 이익을 내는 회사들이다. 그런데 어떻게 단 한 푼도 이익을 내지 않고 있는 회사가 이런 쟁쟁한 회사보다 회사가치가 더 커질 수가 있단 말인가?

그 이유는 미래가치 때문이다. 아마존은 이미 미국 전자상거래 시장에서 독점적인 위치에 있다. 당장 내일이라도 이익을 내려고 마음먹는다면 몇 십조의 이익을 낼 수 있는 상태이다. 하지만 그러지 않는 이유는 완전 독점적인 위치까지 올라가기 전까지는 노마진으로 소비자를 더 확보하기 위해서이다. 회사는 이익을 안내더라도 투자회사들로부터 쏟아져 들어오는 돈이 엄청나기 때문에 향후 100년까지는 이익을 안내도 회사 경영에 전혀 지장이 없는 상태이다.

아마존이 처음부터 노마진 전략을 쓰지는 않았을 것으로 추정된다. 처음에는 꽤 많은 경쟁사들과 경쟁을 하는 과정에 고객 확보를 위해 판매가격을 서로 출혈적으로 낮추는 기간이 있었을 것이다. 그러면서 고객들은 눈덩이처럼 불어나 매출 또한 엄청난 속도로 늘어나게 되었다. 이것과 더불어 여기저기서 투자되어 들어오는 자금 또한 눈덩이처럼 불어나 회사에서는 충분히 쓰고도 남을 만큼 엄청난 돈이 쌓이기 시작했을 것이다. 이러는 과정에 투자자들은 주식가치 또한 매년 엄청나게 상승이 되어 굳이 회사가 이익을 내지 않더라도 주식가치로만 상당한 이익을 보았을 것이다.

이런 성공적인 과정을 실리콘밸리의 CEO들은 학습하게 되었으며 이런 형태의 비즈니스 모델들이 꽤 생겨나기 시작한 것이다.

아모레 퍼시픽

고가전략+한류스타의 콜라보레이션이 흥행시킨 아모레퍼시픽

아모레 퍼시픽은 방문판매로 국내 기반을 잡고, 한류스타를 활용한 고가전략으로 중국시장을 선점했다.

아모레 퍼시픽은 2017년 "세계 100대 뷰티 기업 중 7위"(2016년, 미국 뷰티·패션 전문매체 WWD)로 랭크되었고, 서경배회장의 자산은 2015년 기준으로 9조2천억 원으로 이건희 회장의 바로 뒤를 이어 국내 부호 2위에 올라서게 된다. 매출과 영업이익도 2012년 2조8500억 원, 3650억 원에서 2016년 기준 5조6454억 원, 8481억 원으로 괄목할 성장을 이루게 된다.

아모레퍼시픽은 1945년 부친인 서성환 회장이 세운 태평양화학공업사로 시작하여 꾸준히 성장하게 되는데, 1964년 아모레퍼시픽이 국내 시장을 점유율을 높이는 전환점을 맞이하게 된다. 국내 최초로 방문판매를 통한 화장품 영업을 하게 되는데 방문판매 방식이란 매장 없이 여성 화장품 판매원들이 각 가정을 방문하여 판매하는 방식이었다.

이 당시 방문판매원만 1만6천명을 넘어설 정도였고, 회사 매출의 거의 대부분을 차지할 정도였으니 얼마나 회사에 공헌한 판매 방식인지 모른다. 이때 방문판매용 브랜드가 '아모레'였는데 회사명보다 더 유명해져서 나중에는 사명으로 사용하게 된 것이다.

아모레 퍼시픽은 이와 같은 방문판매 형태의 영업방식을 주판매 방식으로 하는데 이 방식은 15년간이나 매년 30% 이상의 회사 성장을 이끌었다.

Turning Point　　　아모레 퍼시픽의 두 번째 터닝포인트는 설화수의 개발이었다.

아모레 퍼시픽의 최고의 화장품 브랜드는 설화수이다. 설화수는 현재의 아모레 퍼시픽이 대기업에 안착하도록 한 1등 공신이기도 하고 중국시장에 성공적인 진출을 가능하게 한 것도 설화수 브랜드였다. 설화수는 세계 최초로 성공한 한방화장품 브랜드인데 연구개발 기간이 몇 십 년이 걸릴 정도로 심혈을 기울여 개발한 회사의 대표 브랜드이다.

한국이 고려 인삼으로 유명하듯, 화장품도 인삼 성분을 넣어 성공을 거두게 되는데 이 화장품의 시초는 1966년 개발된 'ABC 인삼크림'이었다. 이 상품은 바이어컨버전 기술로 만들어졌는데 사포닌 성분이 들어있는 제품을 피부에 바르는 것만으로 흡수가 가능해 피부노화를 방지하는 작용을 했다. 또 이 기술로 2009년에는 대한민국기술대상 금상(국무총리상)을 수상하기도 한다.

설화수의 개발 성공은 윤조에센스라는 개념을 탄생시켰는데, 화장의 첫 단계를 설화수로 시작하는 방식으로 화장법의 루틴 자체를 바꾸어버렸다. 이런 필요성에 힘입어 설화수는 단일 화장품으로는 최초로 누적 매출 1조원을 달성하게 된다.

Turning Point 　아모레 퍼시픽의 세번째 터닝포인트는 한류스타를 활용한고가 전략이었다.

1992년 중국과 수교가 되지 많은 한국 기업들이 중국에 진출했는데 아모레 퍼시픽도 동북 3성인 선양, 창춘, 하얼빈을 중심으로 아모레 브랜드를 알리기 시작한다. 하지만 2007년까지 그다지 성과를 내지 못하고 적자가 지속 되었다.

그러다가 2008년에 뜻하지 않은 터닝포인트를 맞게 되는데, 그건 바로 한류스타 송혜교였다. 송혜교는 당시 '가을동화'로 중국 전역에 엄청난 인기를 누리고 있었는데 그런 송혜교를 광고모델로 기용한 것이 신의 한수가 되었다. 송혜교 스타일이 중국에서 미인의 기준이 되다보니 송혜교가 광고하는 화장품들은 날개 돋친 듯이 팔려나갔다.

또한 송혜교를 모델로 한 라네즈 브랜드는 중국내 상류층을 대상으로 한 고가전략을 폈었는데, 백화점 중에서도 1급으로 손꼽히는 백화점들 위주로 유통을 해나갔다. 이렇게 명품 마케팅이 성공하니 중국 전역의 지역백화점, 판매 전문점들은 자연스럽게 유통이 되었다.

이와 같이 판매 방식엔 처해있는 상황에 따라 고가 마케팅을 해야 할 때가 있고, 가성비를 높인 저가 마케팅을 해야 할 때가 있고, 프리미엄 전략을 펼 때가 있기도 하다.

아모레 퍼시픽은 처음부터 당연히 잘되는 기업은 아니었던 것이다. 오늘의 대기업으로 자리 잡기까지 많은 터닝포인트들이 있었으며 중국시장 같은 경우는 15년이란 인내의 시간도 필요 했었던 것이다.

알리바바

수수료 면제라는 퍼주기식 사업으로 대성공한 알리바바닷컴

알리바바가 중국 최대 경쟁자인 이베이에게 이길 수 있는 방법은 무료로 운영하는 것이었다. 이런 무료방식에도 불구하고 알리바바의 시가총액은 몇 백조 원에 이른다.

알리바바는 중국 전자상거래 시장의 80% 가량을 차지하고 있으며, 2017년 4분기 매출액만 14조원, 영업이익률은 31%를 달성했다. 알리바바의 최대 주주는 예상외로 손정의 사장이며 뉴욕증권거래소에 상장된 2014년 기준 지분율 34.4%를 보유하고 있다. 마윈은 8.9%를 보유하고 있었다.

사실은 마윈보다 손정의의 소프트뱅크가 대박이 난 사건이

다. 소프트뱅크는 2000년 알리바바에 2000만 달러를 투자했었다. 알리바바 그룹이 2017년 9월 2일 기준 시가총액이 4362억 달러인 점을 감안하면 소프트뱅크가 이중 34% 가량의 지분이 있으니 투자만으로 백 몇 십 조의 자산이 생긴 셈이다. 사실 마윈보다 손정의의 터닝포인트를 다뤄야 적절해보이기까지 한다.

알리바바닷컴은 영어교사였던 중국의 마윈이 1999년 창업한 사이트로 중국내 제조업체와 해외바이어 간에 거래를 위한 사이트로 개발되었다. 이미 중국에는 이베이가 진출해서 자리를 잡고 있는 상태였다. 후발 주자인 알리바바닷컴은 초반에 고전을 면치 못했는데 2000년 손정의가 이끄는 소프트뱅크가 그 당시로는 거액인 2000만 달러를 투자한다.

이때부터 공격적인 사업을 시작하는데 거래수수료를 면제함으로써 단 기간에 많은 사용자를 끌어들이게 된다. 이때까지 자리 잡고 있던 이베이는 더 이상 버티지 못하고 철수를 하게 된다. 또 2004년에는 온라인 결제 PAY인 알리페이를 개발하는데 고객이 알리페이에 충전을 해서 사용하는 방식으로 기존 이베이와는 차별점이 있다.

미국의 전자상거래 방식은 물건구매 즉시 대금을 지급하는 방식이라 거래 중에 사기사고가 잦았다. 하지만 알리페이 방식은 거래가 완료되고 사용자가 승인을 해야 대금이 지급되는 방식이라 사기사고가 현저히 줄어들었다. 중국의 사용자들의 상당수가 알리페이로 전환을 했고, 이 방식은 알리바바닷컴의 성공 요인 중에 하나로 자리 잡았다.

알리바바 초창기 때 비즈니스 모델은 사실 이베이였다. 어쩌면 중국시장에서 이베이가 가장 성공적이었기 때문일 것이다. 하지만 알리바바는 정상적으로 이베이와 똑같이 사업을 해서는 이베이의 사용자층을 가져올 수가 없다. 또 전자상거래는 보통 한 번 이용한 상점에서 계속 구매를 하는 경우가 많았다. 사용자들이 웬만해서는 잘 이동을 하지 않는다는 문제점이 있었다. 무언가 획기적인 것이 필요했고, 마침 소프트뱅크로부터 2000만 달러라는 자금을 투자받게 되어 알리바바는 거래수수료면제라는 획기적인 방안을 내놓을 수가 있었다. 대신 광고비 등으로 손실을 메울 수는 있었다.

이와 같이 알리바바닷컴은 터닝포인트로 거래 수수료면제 카드를 선택했다. 어떻게 보면 전자상거래의 수익은 거래수수료일 텐데 이 부분을 과감하게 포기하기는 쉽지 않았을 것이다. 아마도 선행주자인 이베이가 없었다면 알리바바는 이런 선택을 하지는 않았을 것이다. 하지만 이와 같은 선택은 그저 그런 평범한 회사에서 오늘의 알리바바를 낳게 만들었을 것이다.

알리바바는 2017년 11월 광군제 하루 거래금액만 28조원을 기록, 8억5천만건의 주문을 소화했을 정도로 폭발적인 거래가 이루어지고 있다. 또 2016년 대비 56%의 매출 성장세를 달성하고 있으며, 2016년 회계연도기준 거래액이 월마트의 연간 매출을 앞지르기도 했다. 또한 2017년 기준 알리바바의 시가총액은 4800억 달러로 아마존 시가총액 5400억 달러와 별 반 차이가 없다.

알리바바가 아마존보다 5년 늦게 설립한 점을 감안하면 알리바바의 성장 속도가 어느 정도인지 짐작할 수 있겠다.

애플

제품을 기계로 보지 않고 인문학적 관점으로 본 애플

애플컴퓨터

애플컴퓨터가 출시 당시만 하더라도 컴퓨터는 개발자들의 전유물이었으나 일반인들도 쓸 수 있게 만든 것이 애플컴퓨터의 대성공을 이끌었다.

애플컴퓨터가 세계 최초의 퍼스널컴퓨터라고 널리 알려져 있지만 실제로는 그렇지 않다. 정작 애플컴퓨터를 개발한 스티브 워즈니악마저도 최초의 퍼스널컴퓨터는 아니라고 말하고 있다. 애플컴퓨터가 개발될 당시 실제로는 꽤 많은 퍼스널컴퓨터가 여기저기서 만들어지고 있었다.

그렇다면 애플컴퓨터의 터닝포인트는 무엇이었을까?
그 당시 수많은 퍼스널컴퓨터들은 기계에 불과했다. 프로그램 개발자가 아닌 일반인들이 사용하기 힘든 기계였다. 물론 애플 I 도 크게 벗어나지 않았다. 애플 I 컴퓨터는 50대 정도만 차고에서 만들어졌으며, 제품이라기보다는 시제품이라는 표현이 더 적당할 것이다. 그 당시 PC동호회 같은 곳에서 학생들이 만든 컴퓨터와 별반 다를 것이 없었다. 컴퓨터 키트라고 보는 편이 맞았으며 고만고만한 수준에서 크게 벗어나지 못해 별다른 호응을 얻지 못했다. 하다못해 키보드와 모니터조차도 없어서 외부 입출력 장치를 연결해야만 했다.

하지만 여기서 희망적인 사건은 애플 I 의 하드웨어와 소프트웨어를 동시에 개발한 스티브 워즈니악을 만나 공동 창업을 했다는 것이 애플컴퓨터의 미래가 되었다. 스티브 워즈니악은 IQ가 200이 넘을 정도로 컴퓨터 분야의 천재로 당시 휴렛패커드에서는 천재성을 인정받지 못한 숨겨진 진주였다.

스티브잡스는 그의 천재성을 발견했고, 종종 자신이 근무했던 아타리사(게임개발사)에서 필요로 했던 게임용 소프트웨어를 워즈니악이 만들어주곤 했다. 알 수 있을지 모르겠지만 1980년대 초 유행했던 핑퐁게임을 만든 것이 워즈니악이었다. 그것도 휴렛패커드 근무 당시 아르바이트로 만든 것이다.

애플 I 은 사실상 성공하지 못한 시제품이었다. 하지만 스티브잡스는 애플의 그 다음 버전인 애플 II 를 개발자의 관점이 아닌 일반인의 관점에서 기획되었다. 케이스조차 나무상자로 만든 애플 I 과 달리 애플 II 는 깔끔한 케이스에 키보드까지 부착이 되어 출시되었다. 또한 컬러모니터와 저장장치도 있었고, 메모리를 늘릴 수 있는 확장슬롯도 있어서 그 당시로는 획기적이었다.

프로그램 개발자 대상으로 개발되었던 기존의 퍼스널컴퓨터와 달리 일반인도 전원만 켜면 바로 사용 가능하도록 만든 것이다. 이와 같이 일반인도 직감적으로 사용할 수 있는 인터페이스는 이후 애플의 모든 제품에 적용이 되어 대 히트를 치게 된다.

스티브잡스의 명언 중 "단순함은 궁극의 정교함이다"는 말과 같이 애플은 모든 복잡한 가전제품을 처음 접하는 사람들조차 직감적으로 바로 사용할 수 있게 만들었다. 스티브잡스의 인문학적 요소가 애플의 모든 제품들에 녹아있었던 것이다.

지금 생각하면 너무 당연하다고 생각하는 일들이 그 당시에는 획기적인 제품이 되었다.

컬러로 된 모니터, 디스크방식의 저장장치, 메모리를 추가할 수 있는 확장슬롯과 일반인이 프로그램을 쉽게 짤 수 있는 베이직언어도 포함이 되었다. 이때만 해도 프로그램 언어는 숫자 0과 1로 된 원초적인 기계언어로 프로그램을 개발해야 해서 일반인들은 도저히 컴퓨터에 접근할 엄두조차 내질 못했다. 비록 기계어가 아닌 베이직언어로 프로그램을 개발하게 되면 베이직언어를 기계어로 변환해주는 과정이 있으므로 프로그램은 느려지는 단

/ 도대체 어떻게 성공한 거야 /

점이 있긴 했다. 그럼에도 불구하고 일반인도 프로그램을 개발할 수 있다는 것은 정말 획기적인 사건이었다. 하지만 이렇게 뛰어난 컴퓨터인데도 세계를 장악하지 못하고 IBM컴퓨터에 선두 자리를 내주게 되었는데 그 이유는 컴퓨터를 하드웨어로 보는 관점 때문이었다.

IBM은 운영체제의 오픈 소스방식을 채택하여 IBM운영체제 안에서 어떤 하드웨어 업체들도 IBM호환용 컴퓨터를 만들 수 있었다. 하지만 애플은 달랐다. 애플은 소스코드를 오픈하지 않는 폐쇄적인 운영체제 방식을 택하여 퍼스널컴퓨터 시장을 장악하지 못하고 서서히 밀려나게 되었다.

IBM컴퓨터의 보급은 전 세계에서 호환기종이 쏟아지면서 엄청나게 빨라졌다. 하지만 애플은 자사에서만 컴퓨터출시를 하기 때문에 한계가 있었다. 컴퓨터기종의 점유율 차이는 결국 호환용 소프트웨어 개발에 영향을 미쳤는데 소프트웨어 회사들은 점유율이 높은 IBM기종에 맞는 소프트웨어를 개발하기 시작했고, 애플컴퓨터는 소프트웨어 자체가 부족하게 되었다.

게다가 IBM컴퓨터와 애플컴퓨터는 호환이 되지 않으므로 소비자들은 많은 사용자들이 있는 IBM컴퓨터를 더 선호하게 되었다. 게다가 IBM컴퓨터들은 대량생산이 이루어져 가격도 엄청나게 저렴해졌다. 이런 현상이 가속화되어 결국 애플은 1995년 무렵 도산 위기까지 내몰리게 된다.

결국 다시 애플은 스티브잡스를 영입하여 애플은 살아나게
된다.

매킨토시

Turning Point   매킨토시의 터닝포인트는 윈도우와 마우스였다.

현재 우리가 일반적으로 사용하는 컴퓨터의 윈도우화면과 마
우스를 처음 상용화시킨 것이 애플사에서 제작한 매킨토시라는
것을 아는 사람은 애플매니아가 아니고는 별로 없을 것이다.

매킨토시의 출시는 조지오웰이 세상의 종말이 온다고 한
1984년이다. 애플이 출시된 지 8년 만이다. 그만큼 상징성을 가지
고 출시한 컴퓨터였다. 매킨토시의 가장 획기적인 점은 윈도우
화면이다. 현대 사람들은 너무 당연하다고 생각하겠지만 이 당시
만 하더라도 컴퓨터 모니터를 통한 작업은 글자를 통한 명령어
입력이었다. 모든 명령어를 글자 자판을 쳐서 입력했다. 지금같
이 마우스 클릭으로 이루어지는 것이 아니었다.

이렇게 글자자판을 쳐서 입력을 하려면 일반인들도 몇 달은
컴퓨터를 배워야만 기본적인 업무가 가능했다. 하지만 마우스를
통한 클릭방식이라면 컴퓨터를 배우는데 하루도 걸리지 않을 것

이다. 이런 점이 매킨토시의 가장 획기적인 점일 것이다. 이것을 처음 본 빌 게이츠마저도 그 자리에서 온 몸이 굳어질 지경이었으니 말이다. 그야말로 이 당시에는 상상조차도 할 수 없었던 컴퓨터였던 것이다.

하지만 매킨토시는 제록스사의 초기 컴퓨터 모델을 보고 만든 제품이었다. 제록스하면 복사기 만드는 회사 정도로 알고 있을 텐데 이 당시만 하더라도 하드웨어분야에 최고의 기술을 보유한 첨단회사였다.

스티브잡스가 우연히 제록스사에서 만든 윈도우 화면에 보이는 GUI(그래픽 유저 인터페이스)와 그것을 컨트롤하는 마우스를 보게 되었다. 스티브잡스는 제록스사에 기술 공개를 요구했는데 제록스개발자들의 완강한 반대에도 불구하고 무지한 제록스 임원진들은 기술을 공개하라고 했다.

스티브잡스는 즉시 매킨토시 개발팀을 꾸려서 기존 방식들을 개량하여 한 단계 뛰어난 매킨토시 컴퓨터를 1984년 오픈하게 된 것이다. 하지만 이 당시의 하드웨어 기술로는 매킨토시의 소프트웨어를 구동하기 역부족이었다. 메모리도 부족했고, cpu도 더 빨라야 했다. 가장 큰 문제는 매킨토시용 운영체제에서 구동되는 소프트웨어가 거의 없다는 것이다.

1984년 당시만 하더라도 이미 퍼스널컴퓨터 시장의 주도권이 IBM으로 넘어간 상태라 소프트웨어 회사들이 IBM호환 소프트웨어 개발에만 집중하고 있었다. 초기에 매킨토시가 폭발적으로 많이 팔렸다면 소프트웨어 개발사들도 매킨토시용 소프트웨어를 개발했을 텐데 그렇지가 못했다. 매킨토시의 개발은 오히려 빌게이츠의 마이크로소프트가 세계적인 기업이 될 수 있는 발판이 된다. 스티브잡스는 빌 게이츠에게 매킨토시용 소프트웨어를 개발할 수 있게 소스 공개를 하게 되는데 이건 빌 게이츠에게 절호의 기회가 된다.

빌게이츠는 이미 IBM용 호환 운영체제 MS-DOS를 개발하여 막대한 이익을 남기고 있었는데, 매킨토시 방식은 MS-DOS를 대체할 수 있는 그야말로 획기적인 방식이었던 것이다. 빌게이츠는 즉시 매킨토시를 모방하여 IBM용 매킨토시를 만든다. 그것이 윈도우1.0 이었던 것이다. 스티브잡스는 이 사실을 알고 격노했으나 빌게이츠는 담담하게 이런 말을 했다고 한다.

"우리는 둘 다 제록스라는 부자마을에 무언가를 훔치러 들어갔는데, 당신은 TV를 훔쳤고, 당신이 이미 TV를 훔쳤다는 것을 안 것과 비슷하거든."

사실 이 말은 크게 틀리지 않았다. 제록스로서는 스티브잡스가 자사의 제품을 모방하여 매킨토시를 만든 것에 격분했었고,

스티브잡스도 이와 같은 도둑질을 당했을 뿐이니까 말이다. 결국 더 큰 성공을 한 것은 MS-WINDOWS 시리즈이었지만 매킨토시 또한 출판업계에서 입지를 다지게 된다.

매킨토시는 이후 많은 위기를 겪었으나 떠났던 스티브잡스가 다시 복귀한 후 아이맥으로 재탄생해 지금까지 이어오고 있다.

아이팟

Turning Point Mp3플레이어의 대명사인 아이팟의 터닝포인트는 하드드라이브 방식의 곡 저장이었다.

Mp3플레이어의 세계최초 개발회사 및 특허권 소유회사는 대한민국의 아이리버라는 회사이다. 하지만 지금 현재 mp3플레이어의 최고 상품은 애플의 아이팟일 것이다.

그러면 어떻게 특허권까지 소유한 아이리버를 아이팟은 한순간에 따라잡을 수 있었을까? 여기도 중요한 터닝포인트가 있었다. 아이리버는 메모리 칩 방식으로 곡을 저장했는데, 메모리 칩이 비싸서 20곡 안팎의 저장공간 밖에 없었다.

당시 저장방식은 하드디스크 방식에서 메모리방식으로의 전환기이었지만 메모리칩은 저장공간이 적어서 가격이 비쌀 수밖에 없었다. 하드디스크는 저장용량은 크지만 속도가 느려서 컴퓨터의 발전의 한계를 드러낸 상황이었고, 서서히 메모리칩으로 대체되는 시기여서 가격도 많이 하락한 상태였다.

하지만 mp3플레이어와 같이 빠른 속도를 요하지 않는 기기에는 사용에 불편함이 없었다. 더더군다나 엄청난 용량에 mp3파일을 1000곡이상도 저장이 가능했다. 가격도 많이 하락한 상태여서 mp3플레이어에 하드디스크를 소형화해서 부착한다면 충분히 승산이 있는 타이밍이었다. 결국 하드디스크를 부착한 아이팟은 출시와 동시에 엄청난 판매고를 올려 순식간에 mp3플레이어 점유율 1위를 기록하게 되었다. 게다가 하드디스크의 대량생산을 통해 가격을 더 다운시킬 수 있어, 가격경쟁력 또한 얻을 수 있었다.

많은 사람들이 애플의 제품들은 디자인이 예뻐서 구매한다고 생각하지만, 실제로는 각 제품마다 터닝포인트를 경험했던 것이다. 하지만 애플은 성공하지 못한 제품들도 굉장히 많았다. 디자인 부분에서 굉장히 뛰어난 제품들도 많았으나, 애플이 출시한 90% 이상의 실패한 제품을 우리는 기억하지 못한다.

아이폰

아이폰의 터닝포인트는 터치스크린이었다.

아이폰의 단순한 유저인터페이스의 이면에는 굉장한 기술들이 함축되어 있다.

아이폰은 하나의 소형컴퓨터로 운영체제는 아이맥의 운영체제를 축소해서 만든 OS X 가 사용되었으며, 아이팟이 아이폰 안으로 들어왔으며, 중요한 점은 데스크톱 컴퓨터가 할 수 있는 대부분의 기능들을 한다는 점이다. 화면은 터치스크린을 사용함으로써 마우스기능과 키보드 기능을 모두 수행할 수 있었다. 한마디로 컴퓨터 한대가 핸드폰 안으로 들어온 개념이었다.

하지만 스마트폰이 이때 처음 개발된 것은 아니었다. 이미 1993년 IBM에서 사이먼이라는 터치스크린방식의 스마트폰이 출시되었다. 하지만 구동할 수 있는 소프트웨어가 부족했고, 웹브라우저가 나오기 전이라서 활용도가 낮았다. 결국 2년도 채 안되어 생산을 중단하게 되었다.

또 2002년에는 블랙베리가 스마트폰을 출시하게 된다. 이때 출시된 블랙베리 스마트폰은 PDA기능에 핸드폰 기능이 내장되었고, 터치스크린 방식이었다. 블랙베리 폰은 아이폰이 나오기까지 스마트폰 시장에서 전성기를 누리고 있었다. 하지만 아이폰이 출시되자 블랙베리 폰의 문제점들이 지적되기 시작했다. 사용할 수 있는 다양한 소프트웨어 부족, 자판을 부착해서 작아진 화면 등등 아이폰의 직감적인 유저 인터페이스를 따라갈 수가 없었다.

블랙베리 폰도 나중에는 아이폰과 같이 자판을 없앤 전면 터치스크린 방식으로 바꾸어 출시를 하기도 했으나 그다지 인기를 끌지 못했다. 아이폰은 터치스크린 기능으로 마우스와 키보드의 거의 대부분의 기능을 할 수 있었다.

자판을 없애고 터치스크린 방식으로 바꾸자 전면을 통째로 스크린으로 사용할 수가 있는 장점이 부각되었다. 현재 애플 제품 중 최대 매출을 올리는 것은 아직까지도 아이폰이다. 그만큼 아이폰이 애플에서 차지하는 위상은 컸다.

아이폰이 출시된 3년 후 아이패드가 출시가 되는데, 사실은 아이폰은 아이패드에서 영감을 얻은 것이었다. 아이팟이 출시되어 히트를 칠 무렵 애플 내부에서는 아이패드 프로젝트를 진행하고 있었다. 스티브잡스는 이걸 보고 아이폰을 생각해낸 것이다. 아이패드와 아이폰은 사실상 크기를 제외하고는 거의 기능이 유사하다.

하지만 아이폰은 휴대폰을 대체할 수 있는 아주 강력한 제품이다. 아이패드로 휴대폰을 대체할 수는 없다. 크기부터가 휴대할 수 있는 크기가 아니었기 때문에 아이패드를 휴대하고 다닐 수는 없는 노릇이었다. 스티브잡스는 아이패드를 보고 핸드폰 사이즈같이 한 손에 들어올 수 있을 만큼 크기를 줄여 아이폰을 구상했고 결국 이 결정은 적중했던 것이다.

아이패드

아이패드의 성공요인은 아이패드에서만 구동되는 앱을 따로 만들었기 때문이다. 그래서 아이패드를 따로 구매할 수밖에 없었다.

아이패드가 출시되기 전 거의 대부분의 IT 전문가들은 아이패드의 실패를 점쳤다. 빌게이츠까지도 아이패드는 결코 성공할 수 없다고 단언했다. 필자마저도 아이패드는 성공할 수 있는 요인이 없다고 단언했다. 왜냐면 이미 소형 노트북으로 PC와 동일한 업무환경을 구현 할 수 있는데, 노트북 기능보다 부족한 것이 많은 아이패드가 성공할 요소가 없었던 것이다.

마이크로소프트에서도 이미 오래 전 아이패드와 같은 태블릿 PC를 내놓았지만 실패하고 말았다. 아이패드는 언뜻 보면 화면만 9.7인치로 키운 아이폰이었다. 그렇다면 굳이 아이패드를 살 필요가 없다. 하지만 전략은 아이패드에서만 사용할 수 있는 앱이었다.

아이폰 앱을 아이패드에서 화면만 키워 사용할 수 없다. 아이패드는 아이폰과 앱스토어 자체가 달랐다. 사용할 수 있는 앱이 틀렸던 것이다. 아이러니하게도 아이폰과 비호환되게 해서 하나를 더 구매할 수밖에 없게 된 것이다.

요점은 아이패드용 앱(응용소프트웨어)를 사용하려면 아이패드를 구매하라는 것이다. 현재 아이패드용 전용 앱이 50만개를 넘어설 정도인데 이 정도면 아이패드에서만 구동되는 앱을 사용하기 위해서라도 아이패드를 구매할 수밖에 없다.

당시 PC 업계는 아이패드는 잠깐의 유행일 뿐 PC 중심의 컴퓨팅 환경이 바뀌지 않으리라고 바라봤는데, 이는 결국 큰 오판으로 남게 됐다.

하드웨어만 놓고 봤을 때 아이패드는 PC에 비해 보잘 것 없었지만 앱이 몇 십만 개씩 쏟아져 나온 지금은 아이패드는 하나의 생태계를 이루게 되었다.

／도대체 어떻게 성공한 거야／

여기어때

온라인 광고를 잘 알아서 성공한 여기어때

불특정 광고는 타깃을 정한 광고를 결코 따라갈 수 없는데, 타깃광고를 잘 활용해서 경쟁력을 갖춘 것이 성공의 요인이 되었다.

사자와 악어가 싸우면 누가 이길까?

정답은 어디서 싸우느냐에 따라 승패가 갈린다. 육지에서는 거의 사자가 이기는 경우가 많다. 대신 물속에서는 악어가 사자를 공격해 잡아먹는다.

2018년 들어서 여기어때와 야놀자의 싸움이 관심거리인데, 이와 같은 공식을 대입하면 각기 자신의 분야에서 승리할 것으로 예상되는 싸움이다. 전통적인 소프트웨어 개발회사인 여기어때와 오프라인에서 잔뼈가 굵은 야놀자의 싸움은 사자와 악어의 싸움을 보는 듯하다. 사업을 진행하는 방식도 이와 유사한데, 여기어때는 온라인 기반 회사이다 보니 온라인에서의 강점을 살려 온라인 영토를 넓혀나간다.

야놀자는 여기어때에 비해 온라인 기반이 약하므로 오프라인 사업 쪽으로 확장하여 인수한 호텔, 모텔만 하더라도 100여개가 넘는다. 여기서 하나 더, 참조할 만한 사례가 있는데, 2008년 무일푼으로 창업한 에어비앤비가 시가총액 28조원의 힐튼호텔을 2018년 기준 회사가치면에서 앞섰다는데 있다. 그만큼 온라인의 확장 속도는 어마어마하다. 오프라인 확장속도보다 족히 100배는 넘는 것 같다.

여기어때의 심명섭 대표는 대학을 졸업하고 소프트웨어개발자로 취업을 하다가 창업을 하게 된다. 2004년 첫 창업을 하여 2014년 여기어때 앱을 만들기까지 족히 10년은 이것저것 해보면서 온라인사업에 잔뼈가 굵게 된 이력이 있다. 그동안 작은 성공들도 있었지만, 이렇다 할 대박도 없었다. 2013년에 PC분야보다는 이제 막 태동한 스마트폰용 어플리케이션 분야의 발전 가능성을 보고 O2O서비스 분야로 진출을 하게 되는데, 이 분야 또한 카카오 등 큰 기업들이 장악을 하고 있던 터라, 큰 기업이 하지 않고 있는 분야를 찾다 보니 숙박앱 분야에 진출하게 된 것이다.

숙박앱 분야는 카카오 같은 대기업이 없기는 하지만, 야놀자

등 중소벤처들이 어느 정도 진입을 한 상태였다. 하지만 아직 땅이 굳어진 상태가 아니라서 해볼 만한 상태였다.

여기어때는 온라인 비즈니스회사가 강점을 고스란히 가지고 있다.

첫째, 타깃광고를 통한 효율적인 광고집행이다.

심명섭대표가 광고대행사를 운영했을 정도이니 온라인 광고를 얼마나 효율적으로 집행했을지는 안 봐도 알 수 있다. 온라인 비즈니스를 잘 모르는 기업들은 불특정 광고위주로 광고를 진행한다. 눈에 일단 많이 띄어야 마음에 안심이 되는 것 같다.

하지만 인터넷광고 전문기업들은 똑같은 광고를 하더라도 눈에 띄지 않는다. 어디서 어떻게 광고를 하는지 모르는데 광고 효과는 족히 3배 이상이 된다. 특히 CPS, ROI 등 수치들이 엄청나게 좋다. 결제할 사람한테만 광고를 하기 때문이다. 이건 배달의민족의 광고 방식과도 유사한데, 배달의 민족은 인터넷전문 비즈니스로 출발해서인지 타깃팅광고 위주로 사용자를 모으기 시작했는데, 결국 후발주자이었음에도 가입자당 결제율 1위를 쭉 유지했다. 경쟁업체들이 무턱대고 TV광고 등 불특정 광고위주로 진행할 때 배달의 민족은 눈에 띄지는 않지만 정확히 결제할 가망고객을 타깃으로 광고를 진행했던 것이다.

이것은 사업의 성패를 가를 만큼 굉장히 중요한데, 현대 광고에서 타깃팅 광고가 얼마나 중요한지를 결과로 보여준 예이기도 하다.

'불특정광고는 결코 타깃광고를 효율 면에서 따라올 수 없다'
는 광고의 법칙이 또 한 번 증명된 사례이기도 하다.

둘째로는 기술적인 면에서의 강점이 있다.

심명섭 대표 자신이 소프트웨어 엔지니어다보니, 기술적인
면을 너무도 잘 알고 있었다. 들어온 고객은 어떤 형태로 빅데이
터화 시켜서 재구매를 유도한다든지, VR개념을 활용해서 객실을
좀 더 디테일하게 보여준다든지, 챗봇 등을 활용해서 Q&A를 대
신하고, 결제까지 안전하게 안내한다든지 등 기술적인 면을 경쟁
사들은 따라올 수 없었다.

물론 여기어때 앱과 경쟁사들의 앱은 언뜻 보면 비슷하다. 하
지만 내부적으로 돌아가는 시스템 엔진은 완전 틀리다. 야후와
구글이 겉보기는 비슷하지만 검색결과는 판이하게 다른 것과 비
슷한 결과이다.

셋째는 온라인에서의 마케팅방식의 강점이 있다.

심명섭 대표는 기존 이와 유사한 온라인서비스들을 마케팅한
경험이 많다. 온라인마케팅은 오프라인과 다른 점들이 많은데,
즉시성이 가장 큰 차이점일 것이다. 오프라인은 비교라는 개념이
상당히 시간이 오래 걸리지만 온라인은 비교의 즉시성을 활용한
회사들이 우위에 서기 쉽습니다. 유사한 서비스, 유사한상품의 가
격비교가 바로 가능하기 때문이다. 여기어때가 최저가 보상제를

실시한 것도 온라인의 강점을 살린 것 중에 하나이다.

여기어때가 실시해서 먹혔던 온라인의 마케팅의 강점은 가격의 5배를 보상하는 최저가 보상제, 100% 환불제, 회원가 보장제, 타임세일 등등으로 사용자들로부터 상당한 호응을 받았던 서비스들이다.

2018년 기준 1등은 누구인가?
애널리스트들의 평가에 의하면 여기어때의 회사가치는 5천억 원, 야놀자의 회사가치는 7천억 원으로 분석된다. 야놀자는 직접 보유한 호텔이 109개를 넘어서고 있고, 여기어때는 20개에 불과하다.

2017년 매출액 기준으로 하면 야놀자가 1005억 원, 여기어때가 520억 원으로 2배 우위에 있다. 또 영업이익으로 보면 야놀자가 -110억 원으로 결손상태이고, 여기어때는 60억 원의 영업이익을 거두었다.

야놀자의 결손내역을 보면 호텔 인수 후 리모델링 비용 등이 많이 지출된 것과 점유율 확장을 위한 광고비 때문에 생긴 것으로 실제 사업상의 결손으로는 안 보인다.

하지만 사업의 결과를 보여주는 이익창출은 그 회사의 건전성을 보는 가장 좋은 지표로 2019년에 이 지표가 어떻게 바뀌는지가 각 회사의 향방을 가를 것으로 보인다. 쿠팡과 같이 적자를 내더라도 지속적으로 사업을 확장할지 아니면 이익전환으로 회사가치를 높일 지가 관건이다.

또한 지금까지 투자된 금액을 보면 야놀자가 850억 원, 여기어때가 330억 원으로 투자금액 또한 2.5배 정도 차이를 보이고 있다. 아직까지는 우열을 가리기가 힘들지만 이제부터의 사업성과가 1위를 판가름할 수 있겠다.

2017년에 집행된 광고비를 보면 여기어때가 190억 원을, 야놀자는 285억 원을 사용했다.

광고를 해서 거둬들인 광고수익은 여기어때가 230억 원, 야놀자가 217억 원이며 제휴사를 통한 예약매출은 여기어때가 226억 원, 야놀자가 175억이다.

광고대비 매출 효율 면에서 여기어때가 굉장히 효율적으로 사업을 지배하고 있음을 알 수 있다. 대신 야놀자는 자사가 소유한 109개에서 거둬들이는 수익이 꽤 많아서 광고를 제외한 오프라인 매출 면에서는 굉장한 우위를 점하고 있다.

2018년 이후의 사업방향과 성장가능성은?

야놀자는 2018년 기준 투자총액이 1510억 원을 넘어서고 있다. 투자된 자금은 시너지를 낼 수 있는 기업인수와 직영호텔을 인수함으로써 마진율을 높여나갈 방침이다. 또한 2년 이내 IPO를 목표로 하기도 한다.

야놀자는 투자를 받지 않아도 이미 작년에 60억 원의 영업이익을 낼 정도로 회사가 건전해 졌으므로, 큰 규모의 투자는 받지 않을 것으로 봤으나 야놀자의 행보에 영향을 받아서 인지 올해 1천억 대 신규 투자를 목표로 하고 있다. 여기어때는 신규투자금을 활용하여 액티비티분야와 해외분야로 확장을 함으로서 매출을 늘려나간다는 계획이다.

여기어때가 확장 목표로 하는 액티비티 분야란 레저 분야로 여행, 리조트, 수상스포츠 등 라이프사이클과 관련된 여가문화이다. 특히 2017년 호텔예약매출보다 액티비티분야에서의 매출이 더 많을 정도로 2018년 이후에는 이 분야의 개척이 많이 이루어질 것으로 기대된다.

2018년 이후에도 각자의 전문분야로의 확장이 기대되며 우열을 가리기 힘든 2파전이 전개될 것으로 보인다. 또한 호텔, 모텔 예약과 같은 숙박앱은 카카오 측 관계자의 말을 빌리면 '숙박앱은 카카오의 O2O 영역에 검토대상에 들어있지 않다'라는 말을 했듯이 대기업은 진출하지 않을 것으로 보여 미래 또한 어둡지 않다.

웅진코웨이

렌탈시스템을 처음 도입해서 성공한 웅진코웨이

웅진코웨이를 위기에서 구해준 판매 방식은 웅진에서 처음 개발한 렌탈과 코디시스템 이였다.

과거 정수기가 150만원하던 시절이 있었다. 정수기에 대한 수요가 폭발적으로 증가하던 때라서 100만원이 넘는 정수기도 꽤 잘 팔려나갔다. 하지만 얼마 가지 않아 물을 정수하지 않고 사먹는 시대가 열렸다. 정수기 회사들의 매출은 급감하게 되었고, 문을 닫는 곳도 부지기수였다.
하지만 웅진코웨이라는 회사에서 정수기의 렌탈 개념을 도입시켰다.

• • •

120

한 달 몇 만원만 내면 백만 원대의 정수기를 무상으로 대여해 주고, 매달 필터교환 등 관리도 해주며 5년이 지나면 소유권 이전까지 시켜주는 획기적인 개념이었다. 이렇게 매달 얼마를 내고 정수기를 렌탈하는 비용이 사먹는 물값보다 저렴하게 되자 사먹는 물 시장은 다시 렌탈하는 정수기 시장으로 턴하게 된 것이다. 사실 정수기 원가는 10-20만원도 안되기 때문에 렌탈을 해준다 해도 몇 달이면 원가를 뽑을 수 있어서 엄청난 이익을 거둘 수 있었던 것이다.

이와 더불어 웅진코웨이는 뜻하지 않은 또 하나의 터닝포인트를 접하게 된다. 당초 정수기 유지관리만을 위해 뽑았던 정수기 코디아줌마들이 영업을 해오기 시작하는 것이었다. 이건 정말 예상 밖이었으리라.

정수기 코디들은 고객들과 소통하면서 신제품을 소개해 준다든지 재구매를 유도한다든지 하면서 엄청난 판매고를 올렸던 것이다. 대략 전체 판매액의 절반 이상을 넘어서게 되었던 것이다. 또한 이런 렌탈과 코디방식은 구축하는데 상당히 어려움이 있어서 경쟁회사나 신규 진입회사들의 큰 걸림돌이 되어 진입장벽 또한 높아지게 된 것이다. 지금도 삼성이 정수기 렌탈시장에 들어오지 못하는 이유가 여기 있다고 한다.

이런 터닝포인트를 거치면서 1998년 1천억이던 웅진코웨이 매출은 2005년 1조 2천억을 넘어서게 되어 대기업 반열에까지 오르게 된다.

월마트

바코드를 이용한 POS시스템 도입으로 1위가 된 월마트

월마트의 성공의 터닝포인트는 'Everyday Low Price'가 기본이 되었고 POS시스템 도입으로 획기적인 비용절감이었다. 결국 비용 절감은 월마트의 경쟁력을 강화시켰고, 경쟁사 K마트는 파산했다.

월마트는 1962년 아칸소라는 작은 도시에 할인점을 오픈한 것이 시초가 되었다. 그 당시 에는 이미 K마트, 울코 등 쟁쟁한 업체들이 즐비했다.

다른 대형할인마트들이 대도시 위주로 매장들을 늘려나간 것과 달리 월마트는 처음부터 땅값이 싼 지역 소도시들 위주로 매장을 확대해나갔는데, 어떻게 보면 K마트와 같은 공룡들과의 싸움에서 밀렸다는 것이 더 맞을 것 같다. 하지만 월마트는 성장 속도는 느렸지만 기본 슬로건인 'Everyday Low Price'를 밀고 나갔다. 여기다가 좋은 품질을 유지시켰고, 대형화되면서 물류시스템의 절감이 월마트를 성공으로 이끌었다.

1979년만 하더라도 K마트는 1900개 정도의 매장 수를 가진 미국 1위 업체로 성장한다. 월마트와는 매우 큰 매출 차이를 보이는데 월마트는 이 당시 230개 정도로 K마트는 월마트를 거의 인식하지 못한 수준이었다. 또한 대도시를 위주로 확장한 K마트와 지방 중소도시 위주로 확장한 월마트는 서로 권역이 달랐기 때문에 경쟁상대로 여기지 않았다.

하지만 1980년도 중반이 접어들자 K마트는 대도시에서 신규 매장 확보가 어려워 사업 확대가 더디게 되는 반면, 중소도시의 넓은 땅에 매장을 지어서 확장했던 월마트는 대도시 근방 까지 확장을 하게 된다. 그러면서 K마트와 월마트는 1980년대 중반 이후부터는 경쟁체제에 돌입하는데 원가 비율이 낮았던 월마트가 항상 승리를 하게 된다.

전문경영인 체제로 확장 위주의 사업을 벌였던 K마트와 달리 소유경영을 했던 월마트는 원가를 절감하는 방향으로 사업을 다져나갔다. 특히 1983년부터 시작한 POS를 통한 재고와 물류시스템은 획기적으로 원가를 절감시켰다. 이렇게 절감한 원가는 월마트의 경쟁력을 강화시켜서 '언제나 낮은 가격'으로 물품을 판매할 수 있었다.

물건 값이 비쌌던 K마트의 사업전략은 이와 달랐는데 낮은 가격으로 출혈경쟁을 하는 것은 원가비율이 낮은 월마트의 상대가 되지 않으므로, 광고 위주로 사업을 전개해나갔다.

광고 위주로 고객을 모으고 스팟 할인 정책을 펼쳤다. 하지만 경제학에서 지속적으로 구매해야하는 생필품인 경우 스팟 할인 정책은 가격이 조금 높긴 하지만 상시 할인을 하는 정책을 못 쫓아간다는 연구결과가 있듯이 결국은 실패하고 만다.

그렇다면 여기서 의아한 점이 있다.1980년 초 K마트는 월마트보다도 굉장히 큰 기업인데 왜 원가 경쟁력에서 밀렸을까? 물건은 다량구매, 다량판매 할수록 원가는 절감되어 큰 회사일수록 원가 경쟁력은 올라간다고 봐야 하는데 의문이 드는 부분이다. 우선 월마트나 K마트 수준이 되면 들여오는 상품의 원가는 동일하다고 봐야 한다. 원인은 판매 관리비 부분에 있었는데 대표적인 것이 마트운영에 들어가는 비용과 물류와 재고에 소요되는 비용이었다.

월마트의 경우 K마트와 경쟁하더라고 대도시 인근에 매장을 차려 매장건물에 들어가는 비용자체가 낮다. 반면 K마트는 대도시 중심에 항상 매장이 있으므로 건물에 소요되는 비용이 높을 수밖에 없다. 또 월마트는 장기적인 목표로 R&D비용을 많이 투자했는데 특히 물류와 재고 관리에 POS시스템을 최초로 도입한

것이다. 정착하는 데는 5년이라는 긴 시간과 7억 달러라는 많은
비용이 들었으나 획기적인 비용 절감을 가져와서 K마트를 누르
는 결정적 계기가 된다.

월마트는 K마트를 어떻게 이겼나
1991년부터 월마트는 부동의 1위였던 K마트를 매출 면에서 뛰어
넘게 되는데, 이 사건은 지금까지도 학계나 재계에서 중요한 기
업분석으로 연구되고 있다. 대학에서도 수많은 논문들이 원인에
대한 분석을 내놓고 있다. 주요한 몇 가지 분석은 다음과 같다.

소유경영체제 VS 전문경영체제

　이건 가장 최근 서울대 경영연구소에서 내놓은 분석 자료인
데, 최근 몇 십년동안 경쟁체재에 있는 기업들을 분석해본 결과
전문경영인을 둔 회사보다 회사를 소유한 경영인이 운영한 회사
가 지속 가능성이 높다는 분석이다. 어떻게 보면 전문경영인은
경영학을 전문으로 공부했고, 수십 년 동안 경영에 대해 공부하
고, 경험한, 바둑으로 따지면 9단으로 볼 수 있다. 창업자가 경영
을 하는 경우는 초기에는 좋은 아이템으로 창업에 성공하여 회사
를 어느 단계까지는 키워왔으나 세계적인 기업과 상대하기에는
전문적인 능력이 부족한 경우가 많다. 하지만 이번 연구를 통해,
그럼에도 불구하고 소유경영체제가 결과론적으로 더 우위에 있
다는 결론이다.

여기에 대한 이유는 몇 가지가 있는데 전문경영체제는 CEO의 임기기간이 정해져있어서 재임을 하려면 단기적인 성과를 보여줘야 하는 경우가 많다. 그건 매출이나 단기적인 이익일 것이다. K마트는 여기서 중요한 실수를 하게 되는데 단기적인 수익창출에만 몰두하다 보니 월마트에 비해 물류시스템이나 연구개발비나 노후 시설교체 등의 장기비용 지출을 꺼리는 것이다.

또한 K마트 경영진들은 높은 급여를 가져갔다. 월마트 경영진과 비교를 해보면 거의 30배가 넘는 급여를 가져갔던 것이다. 이렇게 된 원인은 전문경영인에게는 사업성과에 따라 급여와 인센티브가 지급되기 때문에 개인의 급여 극대화에 모든 사업방식의 초점을 맞춰져 있기 때문이다. 단순 급여를 많이 받는 것이 나쁘다고는 볼 수 없지만 이미 월마트는 바코드를 이용한 물류, 재고를 컴퓨터 시스템화 시켰는데도 불구하고 여기에 돈을 투자하지 않은 것이 문제다. 이런 R&D비용에 돈을 투자할 경우 당장의 비용이 증가하므로 자신이 받아야 할 인센티브가 줄어들기 때문이다.

물류와 재고비용을 획기적으로 절감한 POS시스템

월마트는 물류와 재고 비용을 줄이기 위해 많은 노력을 했는데 처음으로 도입했던 것이 바코드와 스캐너를 이용한 POS시스템이었다. 제품에 바코드를 부착한 후 스캐너를 통해 계산을 하면 메인 컴퓨터에 저장이 되어 재고파악이 자동적으로 계산되는 시스템이다. 이런 재고관리 정보는 상품공급업체에 실시간으로 전송이 되어 동시에 재고관리가 되며 재고가 부족하면 공급업체가 알아서 물건을 공급하게 된다.

그러므로 물건을 물류창고에 쌓아둘 필요가 없이 바로 매장에 진열하면 된다. 월마트는 1983년부터 POS시스템에 본격 투자하기 시작하는데 수억 달러를 투자에 위성을 쏘아올리고, 1987년에는 위성통신망도 구축하게 된다.

그리고 1988년에는 월마트의 모든 매장이 POS시스템으로 운영되기 시작하여 물류와 재고에 들어가는 비용을 획기적으로 낮출 수 있었다. 이 무렵 경쟁업체들은 금전등록기를 사용했으며, 재고나 물류 관리를 사람이 수작업으로 처리를 해야 했다. 월마트는 자사에서 사용하기 시작한 바코드 시스템을 공급업체들도 사용하게 하여 지금 현재 바코드 시스템은 세계 표준으로 자리 잡게 된다. 월마트는 이런 POS시스템 구축에 7억 달러라는 막대한 비용이 소요되었으나 재고관리에 획기적인 전기를 맞게 되어 비용을 20%나 절감할 수 있었다.

이런 비용 절감은 K마트와의 원가경쟁에서 결정적인 역할을 하게 되는데, K마트의 몰락이 이런 바코드시스템에서 촉발되었다는 이론도 있을 정도다.

/ 도대체 어떻게 성공한 거야 /

점포의 위치에 따른 임대료 차이

월마트는 처음부터 대도시와 떨어진 중소도시 위주로 대형매장을 확보해나간다. 중소도시는 인구가 적다는 단점이 있는 반면 땅값이나 임대료, 인건비가 싸고 정부의 세제 혜택도 있다. 또 경쟁상대도 없기 때문에 출혈경쟁을 하지 않아도 된다.

반면 K마트는 대도시 위주로 매장을 확보해나갔는데, 인구가 많으므로 많은 매출을 올릴 수 있는 반면 경쟁자들도 많고, 장사가 안 될 경우 임대료 부담도 커질 수 있지만 초기에 이걸로 성장을 했으니 이 전략이 나쁘진 않았다. 하지만 계속 매장수를 늘려야 하는 두개 회사는 명암이 엇갈리는데, 월마트의 경우 얼마든지 지역에 싸게 매장을 늘려나가는데 제약이 없었지만, 도심 한복판에 매장을 내던 K마트는 건물 확보가 쉽지 않아서 빠르게 확장을 할 수 없었다.

가격전략의 실패

월마트와 K마트의 승부를 가른 결정타가 되었을 텐데, 월마트의 경우 'EVERYDAY LOW PRICE' 전략을 줄곧 써왔다. 들어가는 비용이 싸니 낮은 가격을 지속적으로 유지할 수 있었다.

반면 K마트의 경우 월마트의 방식을 따라 경쟁하지 않았다.

K마트의 전략을 가격을 낮추는 대신 광고비를 늘려 많은 고객을 끌어들이는 방식이었고, 할인도 반짝 할인 수준이었다.

처음에는 이 방식이 서로의 경쟁을 부추기지는 않았는데, K마트와 월마트의 상권이 달라서 서로 부딪히는 경우가 드물었기 때문이었다. K마트 근처에 사는 사람이 몇 백 키로 떨어진 월마트가 물건이 싸다고 해서 사진 않기 때문이다. 하지만 1980년대 들어 월마트가 K마트 인근에 매장을 내기 시작하면서 본격적인 경쟁이 시작되었다. 소비자들은 당연히 가격이 저렴한 월마트에 몰려들었고, K마트 매장들은 썰렁해지기 시작했다.

이후 월마트는 또 다른 경쟁상대인 코스트코를 만나는데 코스트코는 월마트보다 무려 20년 늦게 창업해서 2016년 1187억 원의 매출을 올리고 있다. 월마트가 2016년에 4780억 달러로 거의 4배정도 차이가 나긴 하지만, 월마트가 최근 3년 매출이 거의 늘지 않고 오히려 폐점하는 곳이 생길 정도로 정체되어있는 반면, 코스트코는 3년간 15% 정도의 성장을 하고 있다.

월마트가 매출 성장이 정체된 데는 아마존의 영향이 큰데, 아마존은 2016년에 1360억 매출을 달성했다. 이는 3년 전에 비해 2배 정도 성장한 것이다.

유니클로

SPA(생산-유통-판매)방식으로 성공한 유니클로

갭, H&M, 자라 등의 SPA방식은 이미 성공이 검증된 방식으로 이를 일본에 도입한 건 유니클로의 성공의 터닝포인트가 되었다.

SPA(Speciality retailer of Private label Apparel)란 미국 브랜드 '갭'이 1986년에 선보인 사업모델로 의류의 기획, 디자인, 생산, 제조, 유통, 판매 등 전 과정을 하나의 업체가 하는 것을 말한다. 물론 이 방식이 성공의 모든 열쇠라고 볼 수는 없다. 나이키나 아디다스 같은 경우는 이런 방식으로 성공한 것이 아니기 때문이다.

이 방식은 의류업에서 중간~중상 정도 퀄리티의 옷을 대량 생산해서 싸게 파는 경우에 폭발적인 성장을 가져올 수 있다. 또한 시장의 트렌드에 맞춰 다품종 대량생산이 가능하여 빨리 디자인한 상품을 불과 1-2주 만에 생산하여 공급할 수 있어 SPA를 패스트패션이라고도 부른다.

실제 유니클로가 2011년 명동에 오픈했을 때 하루 매출이 13억 원에 달할 정도로 폭발적인 구매가 이루어졌다. 이미 2015년 한국에서의 매출이 1조원을 넘어설 정도여서 전통 의류 강국인 한국 의류시장의 많은 점유율을 차지하게 되었다.

아직 한국에서는 이렇다 할 SPA 대형회사가 나오지 않고 있는데, 유니클로를 많이 벤치마킹해볼 필요가 있다. 의류시장이 포화상태라고 하지만 유니클로 창업자 야나이 다다시는 아직도 동남아 지역은 많은 인구증가로 인해 신규 시장이 만들어지고 있다고 하니, 한국에서도 SPA 분야에 도전해볼 만하다.

유니클로의 역사를 보자면, 유니클로의 창업자인 와세다 경제학부를 졸업한 야나이 다다시는 선친이 운영하는 의류판매점을 물려받아 사업을 시작하게 되는데, 처음부터 성공을 한 것은 아니었다. 이 당시만 해도 의류를 지금같이 고객이 상점에 들어가서 맘에 드는 것을 고르는 방식이 아니라 양복점과 같이 의류를 맞춰 입는다고나 할까? 암튼 옷을 사지 않고는 상점을 나가지 못하는 그런 방식이었다.

야나이 다다시는 1980년대 미국에서 GAP 라는 브랜드가 성공하는 걸 접하고 회사를 차리게 되는데 GAP의 의류판매방식은 마트에서 물건을 구매하듯이 옷을 스스로 구매하는 방식이었는데, 가격도 매우 저렴했다.

이런 방식을 도입해서 차린 것이 1982년 히로시마에 오픈한 유니클로 1호점이었다. 이때 유니클로는 중국에서 저가에 원자재를 도입해 중국의 값싼 노동력으로 저가 위주의 옷을 판매하게 되었는데, 그다지 큰 호응을 얻지 못하다가 1990년대 들어서 일본경제가 거품이 꺼지면서 중저가 브랜드의 판매가 활성화되면서 기회를 잡게 된다. 유니클로는 가격도 낮추고, 다품종 소량생산을 해야 하는데 제조업을 직접 할 수밖에 없었다. 게다가 저가에도 마진을 남기기 위해서는 유통까지도 직접 해야 했다.

이런 요구들은 자연스럽게 자체생산-자체판매로 이어지게 되어 오늘날 SPA 방식으로 발전하게 된 것이다. 게다가 중국이 제조업으로 급부상하게 되자 싼 노동력을 활용하여 제조를 맡기게 되었는데, 제품단가를 낮출 수 있는 기회가 된 것이다. 이런 스타일의 SPA방식은 제조와 유통을 직접 함으로써 가격을 낮출 수 있었고, 중저가이면서 품질은 뒤쳐지지 않은 유니클로라는 브랜드를 확고히 할 수 있었다.

유니클로는 매년 급성장하고 있고, 2016년 18조 원가량 매출을 올렸으며 세계 의류업계에서 ZARA와 H&M에 이어 3위 수준이다. 창업자인 야나이 다다시의 재산은 19조원 정도로 세계부호 순위 88위로 랭크되어있다.

유튜브

집단지성을 활용한 개방형 비즈니스 모델을 적용한 유튜브

유튜브에 개방형 비즈니스 모델을 적용하자 비약적인 조회수 상승이 있었고, 앱스토어와 같은 생태계가 형성이 되었다. 한번 조성된 생태계는 웬만해선 깨지지 않는다.

유튜브를 설명하려면 먼저 창업자인 스티브 첸에 대해 알아볼 필요가 있는데 스티브 첸이 유튜브를 창업하고 불과 20개월이라는 단 기간에 매각하는 방식이 실리콘 밸리에서의 대표적 성공모델로 회자되기 때문이다.

스티브 첸은 대만에서 태어나 가족이 미국으로 이민을 가게되었는데, 초등학교 때부터 프로그램 설계를 시작한 전문 소프트웨어 프로그래머이었다. 이후 일리노이대학의 컴퓨터학과를 다니다가 졸업을 몇 달 앞둘 무렵 돌연 자퇴를 하고 인터넷 기업 페이팔에 입사하게 된다. 여기서 소프트웨어 개발자로 일하다가 이베이와 합병이 되었고, 몇 년 후인 2005년에 동료 2명과 함께 동영상 플랫폼인 유튜브를 창업하게 된다.

유튜브는 당시로써는 획기적인 개념이었는데 사용자들이 자발적으로 동영상을 찍어서 올릴 수 있고, 이것을 자유롭게 퍼 나를 수 있게 한 것이다. 이런 퍼 나르기 방식은 사용자들이 기존에 사용하는 커뮤니티 등에 유튜브의 동영상을 자연스럽게 삽입할 수 있게 한 방식이었다. 마치 블로그에 이미지를 첨부하는 것만큼 쉽게 제작되었다.

유튜브는 본적격인 이미지 시대에서 동영상 시대로 넘어가는 견인차 역할을 하였는데, 이 시기 전까지만 하더라도 동영상 파일은 용량이 크고, 많은 트래픽을 잡아먹어서 커뮤니티 서비스 회사들이 꺼리는 영역이었다.

하지만 서버 용량이 커지고, 트래픽 비용도 저렴해 짐에 따라 이 무렵에는 유튜브와 같이 동영상 서비스를 하는 사이트들이 무려 40-50개나 생겨날 정도이었다. 유튜브가 다른 경쟁사들 보다 우위에 있었던 점은 스티브 첸의 기술력으로 사용자들이 어떠한 형태의 파일을 전송하더라도 유튜브에서 스트리밍 되도록 설계한 것이다. 이 당시만 하더라도 오디오, 비디오의 코덱이 수십 가지여서 코덱에 맞는 플레이어가 아니면 플레이 자체가 안 된다.

스티브 첸은 이런 불편함을 해소하기 위해 어떤 코덱도 플레이될 수 있도록 통합 코덱방식을 개발했던 것 같다.

이런 편리한 방식에 힘입어 사용자들은 기하급수적으로 늘어나 2006년에는 1억 개 이상의 동영상 파일이 업로드되었다. 문제는 동영상 파일의 저장공간뿐만 아니라 동영상의 무지막지한 트래픽 비용까지 감당해야 했으며 기술적으로는 이렇게 많은 트래픽을 분산시키는 기술도 개발해야 해서 주당 거의 100시간을 근무해도 일이 끝이 없을 지경이었다.

또한 뜻하지 않은 법적인 문제로 시달리기도 하는데 비아콤이라는 콘텐츠 개발하는 미디어 회사로부터 10억 달러에 달하는 저작권 위반 소송을 당하게 된다. 당시 유튜브 경영자들은 방문자수를 늘리기 위해 일부 회원들이 저작권이 있는 저작물들을 무단으로 올리는 것을 방치하곤 했었다.

유튜브는 이런 저작물들을 마음대로 볼 수 있는 것으로 유명해서 인기를 끈 점도 있다. 이렇게 불법 저작물들이 올라오도록 한 것은 이것을 보기 위한 사용자들이 비약적으로 증가하기 때문인데, 한국으로 따지면 소리바다와도 같았다. 사용자들이 저작물 올린 것들을 서로 공유하면서 방문자들이 늘어난 것이다.

유튜브를 인수하는 구글 경영진들도 이런 사실을 알고 있었는데, 당시만 하더라도 동영상을 공유하는 대부분의 사이트들이 외부 저작물들을 무단으로 올려서 트래픽을 늘리곤 하였으므로 유튜브만 잘못이라고 볼 수가 없었다.

비아콤이 제기한 이 소송은 2014년까지 진행되는데 비아콤은 몇 번의 법원 판결이 기각 됨에도 불구하고 끝까지 항소했다. 결국 2014년 서로 간에 화해를 함으로써 소송은 취하되었고, 유튜브 측에서도 저작권을 위반한 콘텐츠들을 자동으로 찾아주는 콘텐츠ID 개념을 도입해서 불법 콘텐츠를 차단하는 노력을 하게 된다.

그럼에도 불구하고 구글 측은 2006년에 유튜브를 16억 5천만 달러에 인수하게 되는데 당시 업계에서는 미친 짓이라고 했다. 유튜브는 방문자수는 엄청나다고 하지만 불법 저작물들을 공유하는 사이트에 불과하다는 의견이 지배적이었기 때문이다.
당시에는 인수의 적합성에 대한 논란이 많았으나 10년 후인 2016년 가치는 700억 달러로 평가 받고 있으며 매출액은 82억 달러를 넘어서고 있다.

유튜브를 구글이 인수한 후 불법 콘텐츠들은 많이 정화가 되었지만, 여기에 따른 방문자수는 급감하게 된다. 2007년 구글은 유튜브를 양성화시키는 타개책으로 동영상을 업로드해 수익을 가져갈 수 있는 개방형 플랫폼을 적용시키는데 동영상의 저작권자가 업로드한 저작물에 조회 수만큼 광고 수익금을 지급하는 방식이다.

이 방식은 최초로 도입한 동영상 파트너십 수익배분 프로그램으로 어느 누구나 유튜버가 되어서 자신이 창작한 동영상을 유튜브에 올려서 광고 수익을 가져갈 수 있게 한 것인데, 반응이 폭발적이어서 실제로 수많은 콘텐츠 제작자들이 유튜브 채널을 통해서 창작물을 올리기 시작했다.

기본 수익금은 1조회댄 1원 정도가 배분되었는데 예를 들어 조회 수가 100만이 되고 중간 중간 광고가 노출된다면 약 100만 원의 수익금을 받아갈 수 있는 구조다. 이를 통해 수많은 1인 미디어 창업자들이 생겨났는데 이들을 유튜버라고 부르게 됐다.

최근 유튜버들 중에는 일반인이면서 억대 연봉자들이 속속 탄생하면서 인기를 더해가고 있다. 이런 억대 연봉자들은 단순 조회 수를 통한 광고수익뿐만 아니라 기업체 상품광고를 넣어주면서 협찬 광고수익이 늘어나면서 탄생하는 경우가 많다.

또한 유튜브를 통한 스타들이 탄생하게 되었는데 2010년 그다지 알려지지 않은 저스틴 비버가 유튜브를 통해 세계적인 가수가 되었는데 자그마치 유튜브 조회 수가 7억6천만 회를 넘었다. 저스틴 비버의 동영상은 세계 각국으로 퍼져나가서 세계적인 아이돌 스타가 된 것이다.

한국에서도 2012년 7월 등록한 싸이의 강남 스타일이 조회 수 1위를 달성해 미국에 진출하지도 않고, 미국에서 가장 핫한 가수 중에 한명이 되었다. 지금까지 강남스타일의 조회 수는 무려 30억 회를 넘어서는데 이 기록은 그 후 5년까지 깨어지지 않고 있다가 2017년 7월에 와서야 미국 가수인 위즈 칼리파와 찰리 푸스가 부른 '시 유 어게인(See You Again)'에 1위 자리를 내줬다.

　　이와 같이 집단지성을 끌어들인 유튜브의 개방형 수익 플랫폼은 앱스토어와 같은 하나의 비즈니스 생태계를 만들게 되는데 이 안에서 수많은 비즈니스가 탄생하고 있다.

이케아

배송비 절감에서 시작한 이케아

가구는 원 재료비보다 보관, 운반, 조립 등에 더 많은 비용이 들어가는데 이를 획기적으로 절감한 것이 이케아 가구이다.

가구는 무게가 무겁고 부피가 커서 상점에서 물건 구매하듯이 살 수 가없는 품목이다. 상품 중에 원가 비중이 낮은 것 중 하나가 가구이다.

그런데 가구는 왜 비싼 걸까?
그 이유는 가구를 팔기 위해 매장에 진열을 해야 하는데 부피가 크다 보니 진열이나 재고를 보관하는데 상당히 많은 비용이 든다. 또 한 가지는 배송비용인데 책상 하나를 배송하더라도 차를 몰고 2명이서 상, 하차를 해야 한다. 가구는 일반 상품과 달리 주변 비용이 많이 드는 상품이다.

이케아가 오픈한 것은 1943년 스웨덴에서 잉바르 캄프라드가 통신판매회사를 만든 것이 계기가 되었는데, 오늘날의 사업방식으로 가구를 팔기 시작한 것은 1956년 조립식 가구를 만들어 팔기 시작하면서부터이다.

캄프라드는 가구의 원가를 줄이는 몇 가지 방법을 고안해냈는데, 매장의 위치는 임대료가 저렴한 외곽에 두는 것, 가구는 조립식으로 만들어 보관과 운반비용을 절감하는 것, 가구는 고객이 직접 배송하고 직접 조립해서 사용하는 것, 대량생산을 통한 제작비용을 낮추는 것 등이었다.
이 원칙은 지금까지도 적용되어왔고, 이 방식을 기반으로 매출은 매년 급성장하고 있다.

그런데 위의 원가를 줄이는 방법 중 다른 경쟁회사들이 하지 못하는 방식이 있었는데 직접조립, 직접배송이다. 가구를 직접 조립하게끔 하려면 설계부터가 달라져야 한다. 모든 부품을 DIY 형태로 조립할 수 있게 부품 단계부터 설계가 달라야 한다. 이 방식은 제품 하나하나마다 설계를 달리 해야 하므로 꽤나 복잡하고 까다로운 일이었다.

하지만 한번 설계에 성공한 제품은 계속 이런 조립 방식을 유지할 수 있다. 직접 조립이 가능하다면 배송은 택배로 보내줘도 충분하다. 이미 이 부분에서 가구 원가의 30%가 절감된다. 그러므로 굳이 다른 원가 절감을 하지 않더라도 이미 타사 제품보다 30%가 저렴한 것이다.

또 이케아는 전 세계에서 원목이 가장 저렴한 국가에서 대량으로 수입해온다. 이케아의 자재구매 담당자들은 품질 좋고, 값싼 원자재를 찾기 위해 세계를 누비고 있으며 원가 절감에 사활을 걸고 있다. 개발 단계부터의 원가 절감이 이케아의 경쟁력이기 때문이다.

이케아에서 새로운 제품을 개발할 때 제일 먼저 확인하는 부분은 가격이다.
경쟁회사가 생산하는 이 가격을 먼저 확인하고 이 가격보다 확연히 낮출 수 있는 재료와 디자인, 제작방법 등을 고려해서 생산에 들어간다. 중간 단계에 불필요한 요소들을 모두 배제해서 가격을 낮춘다.
이 제품은 대량생산이 아니고는 경쟁사와 차별이 없다고 한다면 소품종 대량생산을 해서 제작비를 낮춘다든지, 이 제품은 고급재료를 써서는 차별점이 없으므로 중저가의 원재료를 어느 나라에서 수입해서 제작한다든지 하는 모든 일련의 과정은 가격 경쟁력 확보였다.

이케아는 세계 35개국에 253개의 매장을 보유하고 있으며, 2016년 기준 44조원의 매출을 기록 하였고, 세계 목재 생산량의

1%가 이케아 가구로 만들어지며, 창업자 잉그바르 캄프라드는 세계부호 5위에 랭크되어있다. 하지만 창업자 잉그바르 캄프라드는 2018년 1월에 별세하며 이케아의 사업형태는 앞으로 어떻게 바뀔지 주목해볼 만하다.

이케아는 스웨덴에 본사를 두고 설립이 되었지만 스웨덴은 복지국가이지만 법인세 비율이 28%로 높아서 창업자는 이케아 본사를 네덜란드로 옮겨버린다. 뒤늦게 스웨덴 정부를 법인세율을 22%대로 낮춰서 기업들이 해외로 빠져나가지 못하도록 막고 있다. 기업들의 글로벌화가 가속화 되면서 한국도 대기업들을 자국에 잡아두기 위해서는 적절한 법인세율을 유지해야 하지 않을까

잡코리아

부분 유료화로 기반 잡은 잡코리아

잡코리아의 성공의 터닝포인트는 부분 유료화로 시작되었고, 동종 서비스들을 인수합병 하면서 커나갔다.

잡코리아는 2000년 본격적인 서비스를 개시 이래, 수많은 경쟁회사들이 있었음에도 불구하고 단숨에 국내 1위로 올라서게 되어 2005년 몬스터월드와이드이라는 세계 최대 리쿠르팅 회사에 1천억 원이라는 그 당시에 말도 안 되는 파격적인 금액을 제시 받아 매각하게 된다.

그 전해 매출이 겨우 100억 원을 넘겼을 뿐인데 이와 같은 파격적인 금액을 제시 받은 것은 이미 시장의 독보적인 위치에 올라섰기 때문이었는데 이 판단이 적중한 이유는 2013년 지분의 50%를 사모펀드 회사 H&Q AP에 955억 원에 재 매각하게 되어 1천억에 가까운 지분을 덤으로 가지게 되었다. 그런데 이 가치도 저평가되었다고 보는 이유는 불과 4년 후인 2017년 매출액은 900억 원에 영업이익 359억 원을 이미 넘어서고 있어 시장 가치로만 1조원이 넘기 때문이다.

잡코리아가 본격적으로 인터넷 취업시장에 뛰어든 것은 2000년 5월이었는데, 인크루트가 이미 1998년 인터넷 취업 서비스를 시작해서 기반을 다져나갈 무렵이었다. 이 밖에도 리쿠르트, 스카우트, 사람인, 헬로우잡, 커리어 등 쟁쟁한 경쟁사들이 이미 시장을 장악해나가기 시작했고, 잡코리아로서는 마음이 조급했다.

이때 기회는 우연찮게 찾아왔는데 선두 주자들인 인크루트, 스카우트, 리크루트 등이 버티지 못하고 유료화를 진행한 것이다. 많은 기업 고객들이 떨어져 나갔고, 잡코리아에게는 기회가 왔다. 하지만 잡코리아도 무료로 서비스를 계속할 수만은 없었다. 후발 주자들은 커리어, 사람인 등은 아직도 무료로 서비스를 하기 때문에 신생업체인 잡코리아는 선택의 여지가 없었다.

그래서 착안해낸 방식이 일단 주요 서비스는 무료로 진행하되 프리미엄 서비스들은 유료로 진행하는 방식을 고안했다. 결과는 성공적이었다. 기본 바탕은 무료 서비스이었으므로 기업고객들은 그대로 유지할 수 있었고, 프리미엄 광고 수익까지 발생하였기 때문이다. 또 기업들은 프리미엄 공간에서 서로 좋은 자리를 차지하기 위해서 기꺼이 상대회사보다 더 많은 광고비를 지불했다. 여기서 발생하는 수익으로 인터넷 광고를 진행하는 방식으로 선순환 구조를 만드니 더 많은 이용자들이 모여들기 시작한다.

잡코리아가 진행하던 인터넷광고 방식도 솔깃한 면이 있었는데, 이력서를 등록한 구직자에게 잡코리아 주식을 분배한 것이다. 이 당시만 하더라도 닷컴버블이 꺼지기 전이라서 인터넷기업에 대한 열망이 엄청났다. 야후, 구글 등이 대박을 터트리면서 일반 대중들도 인터넷기업 주식을 사고 싶어 했다. 잡코리아는 이런 심리를 잘 이용했는데, 구직자에게 자사 주식을 줌으로써 회사와 함께 가능 동참의식도 생겨나게 되어 엄청난 홍보효과를 누렸다.

잡코리아가 후발 주자 임에도 경쟁업체들을 따돌린 것은 이와 같은 인터넷비즈니스에 대한 이해도가 높았기 때문이다. 경쟁업체들은 어디다 어떻게 광고를 해야 할지 몰랐지만 잡코리아는 정확한 타깃을 잡아서 성공률을 높였던 것이다.

빨리 성장하길 원했던 잡코리아는 공격적인 인수합병에 나서게 된다. 유사한 서비스보다는 잡코리아가 가지지 못한 분야별로 전문화된 구인구직서비스 위주로 인수를 하게 되는데 아르바이트 같은 경우 그 당시 많은 방문자를 보유했던 오늘의 아르바이트와 소프트웨어 엔지니어 중심의 데브잡, 게임분야 채용사이트 '게임잡', 헤드헌팅전문사이트 HR파트너스 등 이었다. 인수합병의 효과는 금방 나타나서 서서히 늘어나던 방문자를 한 번에 늘리는데 주효했다. 이런 전략들은 결과론적으로 성공을 거두었고, 이런 성공은 곧 매출로 이어졌다.

잡코리아의 최근 몇 년간 매출액을 보자면 2015년 612억 원, 2016년 752억 원, 2017년 908억 원 이며 영업이익은 2015년 160억 원, 2016년 227억 원,2017년 359억 원을 달성해 나가면서 견고히 지금도 성장하고 있다.

그렇다면 잡코리아 진출 당시 시장을 선점 했던 인크루트는 왜 실패했나?

인크루트는 사실 세계 인터넷 리쿠르트 시장에 역사에 남아 있는 회사이다. 마치 세계 최초로 MP3플레이어를 개발한 아이리버와도 같은 회사이다. 인크루트는 1998년 20대 중반의 대학생인 이광석씨가 창업한 회사인데, 세계최초로 인터넷 이력서를 등록

／도대체 어떻게 성공한거야／

하는 방식으로 개발된 구인구직 사이트이다.

오픈 초기 획기적인 방식에 힘입어 구인구직 시장에 엄청난 반향을 일으켰다. 그 당시만 하더라도 구인구직사이트 개념은 단순한 잡포스팅 방식으로 생활정보지 수준을 크게 벗어나진 못했다. 이렇게 단순 포스팅 수준의 잡포스팅 서비스를 지금의 구인구직사이트의 형태를 갖춘 것이 인크루트이었던 것이다.
그렇다면 인크루트는 왜 성장에서 밀렸을까?

주된 2가지 이유가 있었는데 너무 빨리 유료화를 시켰던 것이 1차 패인이었다. 2000년 당시는 아직 어느 회사가 시장을 장악했다고 볼 수 없는 춘추전국시대라고 봐야 하는데 너무도 빨리 인크루트가 1위라고 단정지어버렸던 것이다. 이 당시 잡코리아, 커리어 등은 시장의 주도권을 잡으려고 기회를 노리고 있었던 것이다. 차라리 공격적인 투자를 통해 자금을 확보 후 광고로 밀어붙였더라면 1위 자리를 지금도 지켰을 지도 모른다.
게다가 유료화를 시키자 많은 기업회원들이 빠져나가게 되어 돌이킬 수가 없게 되어버렸다. 또 한 가지의 패착은 코스닥 상장이었을 것이다. 어떻게 보면 이 당시는 온라인기업들이 상장이 목표였다. 상장 후 그 다음은 생각하지 않는 경우가 많았다.

2005년 인크루트는 기존 코스닥 상장사인 뉴소프트기술의 지분을 인수해서 대주주가 된 후 합병을 하는 방식으로 우회상장

을 하게 된다. 이 무렵부터 인크루트는 시장에서 고전을 면치 못
하게 되는데, 결국 상장 6년만인 2011년에 3D 전문업체인 레드로
버에 경영권을 120억 원에 넘기게 되어 인크루트라는 회사명은
사라지게 된다.

카카오

'린 스타트업' (Lean Startup)의 대표적 성공케이스인 카카오

카카오톡은 시장에 빨리 출시를 해서 선점을 해야 하기 때문에 '린 스타트업'(Lean Startup) 방식을 채택했는데 일단 핵심서비스를 먼저 오픈해서 사용자층을 확보하고, 나머지 서비스들은 상황을 봐가며 하나씩 붙여나가는 방식이다.

아이폰이 미국에서 출시된 건 2007년 이었다. 그 후 한국에 아이폰이 출시된 건 2009년 11월이었다. 김범수 대표는 NHN미주 대표로 있으면서 스마트폰을 먼저 접하게 되는데, 한국에 드디어 아이폰이 출시된다는 걸 알고 빨리 아이폰용 메신저 서비스를 개발하게 된다.

사실 김범수 대표가 NHN을 그만두고 2006년 미국에서 이것저것을 창업해보았지만 신통치 않아 실패의 연속이었다. 사실상 거의 백수 상태에서 2009년 11월 한국에 아이폰 출시를 기회로 비즈니스 기회를 잡았다고 볼 수 있다. 만일 김범수 대표가 이 당시 다른 사업이 대박이 나서 정신없이 바빴다면 아이폰용 소프트웨어를 개발할 엄두를 내지 못했을 것이다.

아이폰 출시 후 불과 몇 달 만에 카카오톡의 메신저 서비스를 오픈했고, 출시 후 불과 1년도 안 돼 1천만 명이 다운로드를 받은 국민메신저가 된 것이다. 지금도 하는 얘기가 가장 잘한 것은 선점효과이었다고 한다. 아이폰 출시 후 수많은 경쟁자들이 응용소프트웨어를 개발하기 시작했으므로 시간이 없었다. 다른 경쟁자들이 완성도 높은 응용소프트웨어를 개발 하느라 시간을 끌 때 카카오톡은 단순한 기능만을 가지고 출시한 것이다. 이것저것 완성도를 높일 시간이 부족했다.

카카오톡은 2년 여 만에 1억 다운로드를 돌파해서 시장을 완전 장악하게 되었다. 네이버마저 국내 출시를 포기하고 일본으로 시각을 돌렸을 정도였다. 카카오톡이 이렇게 단시간에 시장을 선점한 건 어쩌면 무료메시지 서비스 얼을 것이다. 보통 핸드폰으로 문자 한통을 보내는데 20원이 드는데 카카오톡은 무제한으로 사용료 없이 사용할 수가 있었다.

만일 지금 같이 경쟁자가 많은 상황에서 카카오톡을 출시했다면 아마 성공하기 힘들었을 것이다. 애플이나 마이크로소프트

등 세계적인 기업을 보면 IT의 변화기에 만들어진 회사 들이다. 카카오도 피처폰 시대에서 스마트폰 시대로 넘어오면서 시장의 틈새가 벌어지면서 만들어진 기업이다. 이렇듯 시대가 변화하는 시기에 준비하고 있으면 기회는 찾아오는 법이다.

Turning Point　　　카카오의 두 번째 성공의 터닝포인트는 플랫폼으로의 진화였다.

카카오톡이 서비스되고 2년이 지났지만 이렇다 할 수익을 내고 있는 건 아니었다. 시장 장악이 최우선이었기 때문에 수익모델을 붙일 상황은 아니었다.

페이스북도 서비스한지 꽤 오랫동안 수익모델 없이 운영이 되었고, 그 전이라도 광고 등을 붙일 수 있었겠지만 그것은 나중에 해나가도 될 문제였다. 카카오톡 서비스를 시작한지 2년 정도가 지날 무렵 서서히 수익모델을 구상하기 시작했고, 가장 핵심적인 건 플랫폼 전략이었다. 카카오톡이 플랫폼이 되어 게임, 금융, 각종 O2O서비스들을 붙여나간다는 계획이었다. 가장 먼저 수익을 내준 건 게임이었는데, 김범수 대표가 원래 한게임을 만든 장본인이었기 때문에 플랫폼 상에서 유료게임을 운영하는 건 어려운 일이 아니었다.

카카오의 플랫폼 사업은 어떤 것인가 하면 카카오톡에 각종 서비스들을 붙이고 결제금액의 30% 정도를 수수료로 받는 모델이다. 안드로이드나 아이폰도 플랫폼이기 때문에 이들도 결제금액의 30%를 수수료로 받아간다. 서비스 업체로서는 여기저기에 수수료를 몇 십%씩 줘야 하지만 이건 하나의 생태계라는 걸 인정해야 한다. 이 안에서 먹고 살려면 입점료를 내야 한다. 장사를 하더라도 월세를 내야하고, 프랜차이즈 본사에 수수료를 내야 한다.

카카오는 이 후 다음을 인수합병하고, 음원서비스 멜론을 1조 9천억에 인수한다. 또 O2O 서비스를 본격화해서 카카오택시를 만들고, 카카오드라이버, 카카오헤어샵 등등 엄청난 확장을 하게 되어 현재 기업 가치는 5조원을 육박하고 있다.

최근 기업가치 평가사에 의하면 카카오택시가 유료화 전환 후 매월 400억 원의 수익이 발생하며 카카오택시의 가치로만 1조 6천억 원이라고 한다. 그만큼 카카오로써는 O2O사업을 더 가속화시킬 것으로 보인다.

코스트코

프라이스클럽에서 회원제 창고형 할인매장 아이템을 얻은 코스트코

코스트코의 성공의 터닝포인트는 유료회원제+노마진 방식이었다. 전 세계 소비자는 턱없이 낮은 가격에 열광하고 있으며 이런 소문은 바이러스처럼 번지고 있다.

코스트코는?

코스트코 홀세일 코퍼레이션(Costco Wholesale Corporation)은 "코스트코 홀세일"이라는 이름하에 운영되는 전세계 회원제 창고형 할인매장으로, 고품격 브랜드 제품을 일반 도소매점보다 훨씬 저렴한 가격으로 제공하고 있다. 이 내용은 코스트코 홈페이지에 소개된 내용으로 코스트코를 짧은 몇 문장으로 정확히 대변하고 있다.

코스트코는 1983년 프라이스클럽의 부사장으로 있던 제임스 시네갈이 창업한 회원제 창고형 할인매장이다. 이런 할인매장의 시작은 솔 프라이스라는 사람이 1976년 오픈한 프라이스클럽에서 시작되었는데 기존에 운영하던 일반 할인마트인 페드마트를 운영하다가 착안하여 개발하게 되었다.

프라이스클럽에 대해 간략히 설명하자면, 프라이스클럽은 1976년 솔 프라이스가 개발해낸 회원제로 운영되는 새로운 형태의 유통방식으로 손님이 큰 창고 안에서 마음대로 돌아다니며 필요한 물건을 대량 구매할 수 있게 한 시스템으로 당시 유통업계의 혁신으로 기억된다. 국내에도 1995년 신세계백화점을 통해 진출해 영등포구에 첫 매장을 오픈하였는데 불과 1년 만에 1200억 원이 넘는 매출을 올려 화재가 되기도 했다.

코스트코는 1983년 창업 후 6년 만에 년 매출이 30억 달러에 달할 정도로 급성장하게 되는데 1993년에는 원조인 프라이스클럽까지 인수하게 된다. 2018년 기준 코스트코는 전 세계에 750개 매장을 운영하고 있으며 한국에도 12개의 매장이 현재 운영되고 있다. 유료 회원 수는 9300만 명을 보유하고 있으며 2017년 매출액은 1262억 달러를 벌어들이고 있다.

월마트가 1962년 창업한 후 꽤 오랜 시간 후인 1983년에 창업했지만 현재 전 세계 유통시장에서 월마트 다음으로 2위를 지키고 있지만 성장률로 볼 때는 월마트보다 훨씬 가파르게 성장하고 있다. 또 수익의 기반으로 하는 유료회원은 매년 300만~500만 명의 회원이 늘고 있고, 유료회원의 재연장률은 90%에 육박하고 있어서 유료회원의 만족도가 높아 그 성장 잠재력은 더 높다고 할 수 있다.

이와 같이 코스트코 회원들은 높은 충성도를 가졌으며 가격에 대한 절대적 신뢰를 가지고 있으며 이렇게 충성도 높은 회원은 자동적으로 열정적인 홍보사원역할도 톡톡히 해내고 있다.

코스트코 상품은 월마트에 비해 얼마나 쌀까.

이론상으로 보면 10% 정도 저렴하다는 결과가 나온다. 물론 여기에는 멤버쉽카드 비용은 제외된 수치라 수학적으로 100% 정확한 계산방식은 아니다.

월마트가 코스트코보다 동일한 물건을 20% 비싸게 팔수 밖에 없는 이유가 있는데 이건 사업 구조상 어쩔 수 없는 것과, 두 회사의 지향점이 다르다는 점도 한몫 하고 있다. 이렇게 물건 가격이 차이나는 이유는 크게 2가지인데 상품마진율과 판매관리비 부문에서 큰 차이를 보이고 있다. 상품매입 원가는 두 회사가 비슷한 수준이다.

상품마진율을 보면 월마트는 약 7%의 마진율을 붙이는데 코스트코는 0%~1% 정도의 극히 일부만 마진을 붙인다.(단순 상품마진은 코스트코가 14%대, 월마트가 25%대 이지만 월마트의 7%

마진이라는 것은 상품재고 등 부대비용을 감안한 수치이다.) 두 회사의 가장 차이가 많이 나는 부분은 판매에 들어가는 비용인데, 기업은 기본적으로 마케팅을 해야 고객이 확보된다. 그래서 TV광고 등 마케팅을 안 할 수가 없는데, 월마트의 경우 마케팅비를 연간 2조5천억 원을 사용하며 마케팅을 하면 회사에 대규모의 마케팅부서도 있어야 하고 이것저것 파생적으로 지출되는 비용이 꽤 된다. 하지만 코스트코는 마케팅을 거의 하지 않을 뿐더러 마케팅 부서조차 인원이 거의 없다.

또 결제 수단도 카드사에 독점을 인정해주어 1국가 1카드 정책을 고수한다. 보통 대형마트의 신용카드 수수료는1.8%대 이지만 월마트는 한국에서 삼성카드와 독점계약을 해서 카드 수수료를 0.7%를 받고 있다.

코스트코의 사업 전략은

코스트코의 사업전략은 일반 유통업과는 근본적인 생각 자체가 다르다. 보통의 유통업체는 물건을 얼마나 싼 가격에 가져와서, 얼마나 많은 마진을 붙여, 얼마나 많이 팔까를 주로 고민한다. 이건 유통업의 본질이다. 물건을 싼 가격에 가져오려면 생산원가를 후려 쳐서 갈등이 생기는 걸 종종 볼 수 있는데, 경쟁유통업체보다 생산원가가 비싸다면 경쟁에서 밀리기 때문에 회사 입장에서도 여기에 사활이 걸려있기 때문에 이런 긴장은 항상 잔존할 수밖에 없다.

하지만 코스트코와 같이 회원제 할인매장은 사업방식이 완전 달랐다. 기본적으로 멤버쉽비용으로 상당한 이익을 보고 있기 때문에 물건 가격은 최소의 마진으로 고객이 만족할 만한 가격에 유통시키는 것이 최우선 목표인 것이다. 여기에는 연회비를 지불하는 고객의 보상심리가 깔려있는데 고객은 연회비 납부한 것의 몇 배의 이익을 보아야 한다는 강박관념이 있어 무조건 물건을 많이 산다.

이것 또한 사업을 잘 되게 하는 요인으로 작용을 하는데, 멤버십 회원들은 무조건 본전을 뽑기 위해 코스트코를 방문한다. 이런 회원들은 90% 의 멤버십회원 재연장을 한다.
물론 10%의 고객은 재연장을 안 하는데, 코스트코 서비스에 만족하지 못하거나 물건을 그다지 많이 사지 않는 고객이거나 등등 많은 이유가 있을 것이다.
하지만 어떤 서비스든 90%에 육박하는 재연장률은 굉장한 수치이다.

코스트코를 보면 뛰는 놈 위에 나는 놈 있다는 속담이 떠오른다. 월마트도 사실은 후발주자 였고, 선두 업체인 K마트를 따라잡기 위해 고군분투한 끝에 1990년대 중반에 와서야 선두자리를 차지하게 된다.

불과 10년 전까지만 하더라도 K마트를 따라잡은 월마트를 분

석하느라 분주했는데, 지금은 월마트 VS 코스트코를 비교하는
논문들이 많이 등장하고 있고, 향후에는 어떻게 될지 예의 주시
하고 있다.

＼ 도 대 체 어 떻 게 성 공 한 거 야 ＼

테슬라

배터리를 이중으로 깔아 뜻하지 않은 성공을 거둔 테슬라

아직까지도 전기차는 내연기관의 가성비를 따라올 수 없다. 배터리 값만 차 값의 절반을 차지하기 때문이었는데, 배터리를 두 배로 장착해 내연기관의 성능을 달성한 것이 테슬라를 성공하게 만들었다.

테슬라 하면 일론 머스크를 떠올릴 텐데 사실 일론 머스크는 테슬라의 창업자는 아니었다. 테슬라의 창업은 2003년 마틴 에버하드와 마크 타페닝이다. 일론 머스크는 2004년 테슬라 모터스에 대규모 투자를 하게 됨으로써 나중에 2008년에 정식 CEO가 된 것이다.

테슬라의 스토리를 알아보기 전에 우리는 테슬라의 CEO인 일론 머스크를 먼저 알아볼 필요가 있다. 일론 머스크의 사업 스타일은 기존의 구글이나 애플과 같이 한 가지에 집중해서 기술력을 쌓아 대박을 터트리는 방식이 아니라, 될 만한 회사를 인수하여 키워서 되파는 방식이다.

테슬라의 CEO인 일론 머스크의 성공 스토리를 보자면, 일론 머스크는 펜실바니아 대학 졸업 후 24세 때 실리콘밸리에서 집투라는 지역정보를 제공하는 회사를 창업하여 알타비스타에 매각하여 보유지분 2200만 달러를 챙기게 된다.

이것이 실드머니가 되서 그 다음에 페이팔을 인수해서 되팔아 자신의 보유지분인 2억 5000만 달러를 챙기게 된다. 이때부터 억만 장자의 대열에 들어서게 되서 테슬라의 투자까지 이어지게 된 것이다. 이렇듯 일론 머스크는 가능성 있는 회사를 인수하여 되파는 방식으로 대박을 터트려왔던 것이다.

테슬라 이전에 전기차는 실용화 되지 못하는 수준에 머물렀는데, 그 주된 이유는 배터리 가격 때문이었다. 2018년 기준으로 전기차가 일반 내연기관 자동차와 동일한 성능을 가지기 위해서는 차 한대 값 정도의 배터리를 장착해야 한다. 비용도 문제지만 전기차 내에 배터리가 차지하는 공간도 엄청나서 현재 기술로는 전기차가 내연기관만큼의 성능을 발휘하기가 힘든 상황이다.

테슬라 이전의 전기차는 어떤 형태였을까?
배터리의 가격이 워낙 고가이다 보니 전기차는 경차 수준으로 소형으로 만들어서 작은 용량의 배터리를 장착해야만 그나마 소비자한테 판매가 가능한 가격이 나오는 정도이었다.

테슬라도 처음엔 이런 한계를 극복하지 못했다. 하지만 테슬라에게 터닝포인트가 찾아왔다. 가격이 비싸더라도 내연기관 자동차와 동일한 수준의 자동차를 시판한 것이다. 가격은 동급 내연기관 자동차의 2배 수준인 1억 원을 넘어섰다.

지금까지 편견을 깬 테슬라의 수퍼 전기차는 한번 충전으로 400km이상을 달리고, 시속 100km/h 에 도달하는 제로백이 4.2초가 나온 것이다. 최고 속도는 200km에 달한다. 모든 면에서 럭셔리카와 비교해서 부족함이 없었다.

또한 엄청난 부피의 배터리를 차 밑바닥에 깔아 공간 활용도도 아주 좋아졌다. 물론 문제는 가격이었다. 이정도 성능의 차를 2배 이상의 가격을 주고 사는 미치광이는 없을 것이라고 자동차 회사들은 말했지만 결과는 정 반대였다.

캘리포니아 부유층간에 마치 부의 상징처럼 되어 엄청난 물량이 팔려나간 것이다. 또한 실리콘밸리의 성공한 벤처기업의 직원들 간에도 엄청난 인기를 끌게 되었다. 스티브잡스의 명언이 떠오르는 순간이었다.

"사람들은 자신이 어떤 것을 원하는지 모른다. 보여주기 전까지는"

테슬라는 2016년 자동차판매대수는 7만 여대에 불과하다. 하지만 시가총액은 미국 자동차회사 중에 단연 1위이다.

현대자동차가 연간 판매대수가 500만대 수준인 점을 볼 때 테슬라의 미래가치는 엄청나다.

／ 도 대 체 어 떻 게 성 공 한 거 야 ／

페이스북

주소록의 초대장 대량 발송으로 순식간에 퍼진 페이스북

이 당시도 SNS서비스가 없는 것은 아니었지만 사용자가 굉장히 천천히 늘고 있었다. 여기에 불을 지핀 것이 이메일 주소록에 등록된 모든 사람에게 초대장을 자동으로 발송한 기능이었다. 이 기능으로 친구들이 페이스북으로 순식간에 연결되어버렸다.

페이스북이 만들어진 건 2004년도인 마크 저커버그가 하버드대 1학년 때인 19세 때이었다. 사실 이와 같은 인맥 네트워크 방식의 소셜 네트워크는 그 이전에도 상당수 있었다.
한국에만 해도 대표적 소셜네트워크인 싸이월드가 1천만 명 이상의 가입자를 확보하고 있던 시절이었다. 페이스북이 한국에 들어왔을 때만 하더라도 기존 SNS방식과 크게 다를 것은 없었다. 아니면 한국이 SNS서비스가 더 진보되어 있어서 페이스북이 시시하게 느껴졌을지는 모르겠다. 사용하는 방식이 기존과 약간 다를 뿐 크게 진보된 것은 없었다.

하지만 이용자 수는 그야말로 폭발적으로 늘어났다. SNS 방식의 커뮤니티 서비스는 이용자수가 어느 한계를 넘어서면 폭발적으로 성장한다는 장점이 있다. 예전에 아이러브스쿨 서비스를 보더라도 이용자수가 어느 한계점을 넘게 되면 사용자들은 주변 인맥과 엮일 확률이 가장 높은 서비스를 이용하는 특징을 가지게 되었다.

페이스북은 내 주변 인맥과 반 강제적으로 엮일 수 있는 방법을 고안해냈다. 내 연락처, 내 이메일 주소 등으로 초대장을 보내라고 계속해서 권유한다. 평균적으로 주소록에 보면 한동안 연락 안했던 친구들, 거래처 등을 모아보면 몇 백 개 이상이 될 것이다. 내가 한번이라도 이메일을 주고받았던 사람들을 다 모아보면 몇 백 명 이상의 꽤 많은 소통이 있었음을 알 수 있다.

이와 같이 내가 한번이라도 스친 인연들에게 초청장을 보낸다면 어떻게 될까? 그중에서 1/10만 친구 등록을 한다 하더라도 꽤 많은 신규 가입자를 확보할 수 있는 것이다. 또 신규로 가입한 사람은 몇 백 명의 주소록이 있을 테고, 그 친구의 친구까지 합친다면 그야말로 피라미드 구조처럼 폭발적인 가입자 증가가 생겨나게 된다.

페이스북이 그다지 획기적이지 않은 서비스를 가지고 대박을 터트릴 수 있었던 이유는 바로 주소록이었던 것이다. 페이스북 가입 당시 내 메일함에는 매일매일 몇 통의 초대장이 오곤 했는데, 거의 스팸메일 수준이었다. 어떻게 보면 스팸메일과도 같은 서비스이긴 하지만 이메일 회사에서는 이것을 모두 스팸 처리할 수는 없었던 노릇이었다.

이렇게 삽시간에 퍼져나간 페이스북 서비스는 불과 2년 만에 야후로부터 10억 달러에 매각하라는 제의를 받지만 거절한다. 그 다음해인 2007년에 마이크로소프트에게 지분 1.6%를 2억4000만 달러에 매각하게 되어 그 가치는 1년 만에 15배 정도가 뛰게 된다.

이렇게 폭발적인 가입자를 유치하게 되는 원동력인 친구 찾아서 초대장 보내는 기능은 문제점이 있어서, 2016년 1월 독일 연방법원은 이용자의 이메일 주소록에 접근해 초대장을 보내는 페이스북의 '친구찾기' 기능을 중지하라는 판결을 내리기도 했다.

그러나 이미 이 시점엔 페이스북에 몇 십억 명이 가입한 상태라서 제재를 받는 건 별 문제가 되질 않았고, 오히려 후발업체들이 유사한 서비스를 진행하는데 결정적 방해 작용이 되어 페이스북 서비스를 오히려 보호하게 되었다.

페이스북에 들어가면 여기저기 광고가 뜨게 됩니다. 그런데 자세히 보면 이들 광고들이 내 자신과 관련이 있는 광고라는데 놀랄 것이다.

이런 광고 방식을 리타겟팅, 리마케팅이라고 하는데, 인터넷 상에서 내 검색기록이나 방문기록을 분석해서 나와 관련된 광고를 보여주는 것이다. 내가 쇼핑몰에서 물건을 구매한다든지, 검색엔진에서 학원을 검색한다든지 하는 모든 기록은 보통 컴퓨터 캐시 등에 저장이 된다.

리타겟팅 광고는 이런 기록을 검색하여 사용자의 앞으로의 행동을 예측하는 것인데, 출산을 한 사람은 유아용품을 구매할 확률이 높다든지, 자동차를 구매한 사람은 자동차용품을 구매할 확률이 높다든지, 이런 인간의 구매 패턴을 AI가 연구하여 배너를 띄우는 것이다.

실제 리타켓팅 광고는 일반 배너광고에 비해 CTR(배너클릭율)은 5배 이상 높게 나왔고, ROI(투자대비매출)은 10배가 넘게 나오고 있다. 특히 페이지뷰가 많은 페이스북 같은 경우 이런 형태의 광고가 잘 먹혔으며, 광고매출 또한 매년 폭발적으로 증가하여 2018년 1분기 광고매출만 13조원을 넘어서고 있다.

초기에는 페이스북이 이렇다 할 수익모델이 없어 서버비용을 부담하기도 버거웠으나 이와 같은 타켓팅 광고방식을 도입하고 부터는 엄청난 이익을 거둬들이고 있다.

광고방식을 타켓팅방식이 아닌 일반 광고방식으로 운용했을 경우 광고매출은 현재의 1/10 수준으로 떨어졌을 것이고, 이정도 매출로는 서버비용 감당하기도 어려웠을 것이다. 이런 리타켓팅 방식의 광고도입은 페이스북으로서는 두 번째의 터닝포인트가 되었던 것이다.

펩시콜라

광고천재 존 스컬리는
펩시콜라를 코카콜라의 경쟁상대로 만들었다.

지금도 콜라 시장의 1위 브랜드는 코카콜라 이지만 존 스컬리 이전에 펩시콜라는 코카콜라의 상대조차 되지 못했다. 코카콜라와의 점유율 격차를 10%대로 좁힌 것은 존 스컬리의 천재적인 마케팅 수완 때문이었다.

펩시콜라는 1898년 미국 노스캐롤라이나의 약사인 칼렙 브래드햄에 의해 만들어졌고 1903년 제조방법을 특허 등록하여 판매를 하기 시작했다. 코카콜라가 1886년에 설립을 하였으나 12년이 뒤진 셈이다.

펩시콜라와 코카콜라, 나이키와 리복, 맥도날드와 버거킹 등

메인브랜드와 2위 브랜드는 항상 존재해왔는데, 펩시콜라가 코카콜라를 시가총액에서 따라잡는 데는 자그마치 100년이 걸렸다.

코카콜라는 현재까지 별 부침 없이 항상 콜라시장에서 1위 자리를 차지해왔는데, 펩시콜라는 지금까지 꽤 많이 부도의 위기를 맞는다. 1920년 선물투자 실패로 파산위기에 몰려 창업자 브래드 햄은 파산하여 경영권이 다른 곳에 넘어간다.

판매 부진까지 위기에 몰린 펩시콜라는 반값 마케팅을 실시하여 박리다매로 판매를 하여 겨우 위기를 모면하게 된다. 이런 반값 마케팅은 마진이 적어지게 되어 힘들어질 것이라는 예상을 뒤엎고, 펩시콜라는 음료시장에 확고한 2위 자리를 차지하게 된다.

이 후에도 펩시콜라는 항상 위기 얻는데 펩시콜라 브랜드를 오늘날 수준으로 끌어올린 이가 있었는데 바로 존 스컬리라는 사람이다. 존 스컬리는 1967년 평사원으로 입사했으나 마케팅에 그야말로 천재적인 감각이 있었다. 마케팅의 천재인 존 스컬리는 1967년 펩시콜라에 입사해 4년 후 31세의 나이로 부사장까지 초고속 승진을 한다.

존 스컬리가 입사할 무렵 펩시콜라는 코카콜라에 밀려 시장

점유율이 6%도 방어하지 못해 회사는 존폐위기이었다. 존 스컬리가 주목한 건 그 당시 보급되기 시작한 TV를 활용한 CF 광고였다. TV를 통해 자사의 콜라가 상대 콜라보다 좋다는 거의 전쟁 수준의 광고를 양사가 내보내게 되는데, 이를 콜라 전쟁이라고 불리운다.

스컬리는 주로 유명 스타들을 기용해 TV광고를 진행했었는데, 특히 마이클 잭슨을 기용한 TV광고가 효과적이었는데 내용은 마이클잭슨과 많은 사람들이 펩시콜라를 들고 빌리진 을 추는 장면이 연출된다. 이 CF는 엄청난 광고 효과를 거두어 6% 대였던 펩시콜라의 점유율을 2배 이상 높여주었다.

또 1975년에는 '펩시 챌린지'라는 이벤트를 개최하여 행사장면을 CF광고로 찍은 것인데, 내용은 눈을 가린 채 펩시콜라와 코카콜라를 시음하고 '아! 펩시잖아~' 하고 외치는 장면 이었다. 이 광고는 엄청난 반향을 일으켰고, 코카콜라에서는 신경질 적으로 맞대응했는데 오히려 이것이 효과를 더 부추겼다.

펩시 챌린지 이후 코카콜라와 시장 점유율은 30%대에서 10%대 격차로 좁혀지게 되었다. 나중에 스티브 잡스는 '펩시 챌린지' 마케팅을 진행한 존 스컬리를 애플 CEO로 스카우트하게 된다.

펩시콜라는 1994년 입사한 안드라 누이에 의해 도약의 전기를 맞게 된다. 안드라 누이는 예일대 경영대학원을 졸업하고 펩시콜라에 입사하는데 회사의 성장 방향을 제시하고, 음료 사업의 다각화를 강력 주장하여 코카콜라를 추월하는 계기를 마련한다.

1990년대 이후부터 음료 시장은 다양한 분야의 음료의 출시로 격변기를 맞이하는데, 안드라 누이는 탄산음료 시장의 한계를 예측하고, 건강음료, 스포츠음료 등 여러 분야의 음료 사업에 진출을 주장한다. 이어 트로피카나, 퀘이커오츠 등을 인수하게 되어 2004년에는 코카콜라 매출을 추월하게 된다.

이런 성과를 인정받아 2006년 펩시콜라 최초의 여성 CEO가 되어 경영을 이끌게 된다. 펩시콜라가 매출을 추월하게 된 것은 게토레이라는 스포츠 이온음료 회사인 퀘이커오츠를 인수한 것이 결정적 계기가 된다.

안드라 누이는 음료시장에서는 선도 기업 브랜드의 중요성을 인식하고 있었는데 게토레이가 당시 스포츠음료 시장에서 코카콜라의 파워에이드를 크게 따돌리고 있었다. 퀘이커오츠가 매물로 나왔을 때 두 회사 간의 엄청난 인수전이 벌어졌는데, 인수가격은 천정부지로 뛰어올랐다.

코카콜라가 제시한 인수가는 157억 달러였는데, 코카콜라의 주요 이사진이었던 워런 버핏은 말도 안 되는 가격이라고 반대를 하게 된다. 결국 안드라 누이가 작업한 134억 달러에 퀘이커오츠는 펩시콜라 측에 인수되게 되는데, 훗날 워런 버핏은 퀘이커오츠를 인수 못한 것에 대해 엄청난 후회를 하게 된다.

이와 같은 펩시콜라의 음료사업 다각화는 성공적이었으며 코카콜라 매출을 따라잡는 계기가 되었다. 하지만 코카콜라도 단일 브랜드로 인지도는 더 상승하게 되어 두 회사 간에 마케팅 전쟁은 지금도 계속되고 있다.

도대체 어떻게 성공한거야

픽사

디즈니를 설득해 토이스토리를 제작한 픽사

픽사의 첫 번째 성공의 터닝포인트는 우여곡절 끝에 토이스토리가 세상에 나온 것이다.

픽사는 1986년 스타워즈를 제작했던 루카스필름의 컴퓨터 그래픽 사업부를 스티브 잡스가 1천만 달러에 인수하면서 시작된다.
이때부터 10년간 픽사는 고난의 세월을 걷게 되는데, 10년 동안 거의 성과를 못 냈던 것이다. 스티브잡스의 1천만 달러 투자로 시작되었던 회사는 추가로 4천만 달러가 더 투입이 되었으나 별다른 성과를 내지는 못하고 있었다.

픽사는 에드 캣멀 CEO가 지휘를 하고 있었는데, 이 당시로는 획기적인 컴퓨터 그래픽으로 특수효과를 구현하고 있어서 관련

하드웨어 장비를 판매하는 비즈니스를 할 계획이었다. 하지만 장비는 너무 고가라서 거의 팔리지가 않아서 사업방향을 바꾸는데 특수효과를 이용한 애니메이션 제작이었다.

1987년 제작한 단편 룩소 주니어는 3D 애니메이션으로 애니메이션 특수효과로 만들어져 당시로써는 굉장히 획기적인 애니메이션이었다. 국제영화제에서 단편 애니메이션 부문에서 수상을 할 정도였다. 하지만 이 단편 애니메이션의 제작이 매출로 이어지지는 못했다. 1995년 토이스토리가 오픈하기까지 이렇다 할 애니메이션을 시장에 내놓지는 못하고 있었다.

픽사를 유지하는 것만으로도 스티브잡스는 해마다 엄청난 손실을 보게 되었고, 마이크로소프트, 오라클 등에게 인수를 타진하기도 했지만 성사가 되지는 않았다. 그래서 픽사를 중대한 결정을 내리는데 애니메이션 특수효과 기술을 활용하여 직접 장편 애니메이션을 제작하여 배급을 하는 것이었다. 하지만 예상되는 제작비만 몇 천만 달러가 소요되므로 혼자서 모든 걸 직접 제작할 여건이 안 되어서 제작비를 지원해줄 회사를 여기저기 알아보게 된다.

그러던 중 디즈니 쪽에서 제작 의사를 밝혀 '토이스토리'의 제작이 진행되는데, 픽사로서는 불공정한 디즈니에 납품을 하는 형태로 계약을 하게 된다. 물론 제작비의 대부분을 디즈니가 부담

하긴 하지만 수익의 대부분을 디즈니가 가져가는 형태여서 픽사에게는 실익이 없는 계약이었다.

디즈니로써는 픽사의 자금사정을 너무 잘 알고 있어서 '할 테면 하고 아니면 받아들일 수 없다' 라는 식이었다. 스티브잡스로써는 선택의 여지가 없었는데, 이렇게라도 하지 않는다면 10년간 적자를 봐왔던 픽사는 문을 닫을 수밖에 없다. 그 동안 투자된 자금 5천만 달러도 날리게 된다.

드디어 1991년 5월에 디즈니와의 계약이 체결되고, 장장 4년간의 제작 여정이 시작된다. 디즈니로써도 제작비 1,750만 달러의 거액이 투자되는 만큼 최초 스토리부터 자사의 시나리오 작가들을 지원한다. 픽사는 시나리오 전문은 아니라서 시나리오 작업에만도 꽤 오랜 시간이 걸렸지만, 토이스토리라는 대단한 시나리오가 탄생한다. 제작 규모도 어마어마해서 애니메이터만 27명, 기술 감독 22명 등이 소요될 정도였다.

드디어 토이스토리는 1995년에 존 래시터 감독의 지휘로 개봉을 하는데 세계최초의 장편 CG 애니메이션이었다. 토이스토리는 대성공을 거두게 되는데 흥행수입만 3억6천만 달러를 넘어서게 된다.

이면에는 스티브잡스가 기상천외한 사업가적 수완을 발휘하게 되는데 토이스토리가 개봉한 일주일 후 기업공개를 계획한 것이다.

그 동안의 손해를 만회할 절호의 기회로 여겼던 것이다. 픽사는 10년 동안 거의 매출도 없었고, 토이스토리가 성공한다 해도 분배 받는 수익은 미미한 수준이기 때문에 IPO를 진행 하지는 않을 것으로 봤으나 스티브잡스의 생각은 달랐다. 토이스토리가 확실히 대박을 터트릴 것으로 직감하고 있었고, 이번 기회는 픽사를 알릴 수 있는 절호의 기회였다.

토이스토리는 개봉 3일 만에 2,800만 달러의 흥행 수익을 올리며 역대 추수감사절 개봉 영화중 최고였다. 픽사의 기업공개는 영화 개봉 일주일 후에 단행되었는데 공모가 22달러를 훌쩍 넘은 39달러 선에서 마감하게 되어 스티브잡스가 소유한 주식이 가치는 11억 달러에 육박 하였다.

IPO공개 후 자금을 확보한 픽사는 전보다 훨씬 유리한 위치에서 디즈니와 계약을 진행하게 되었고, 후속작인 벅스라이프, 토이스토리2, 몬스터주식회사, 니모를 찾아서 등 거의 대부분의 작품들이 초대박을 터트렸다. 이 후 디즈니의 흥행작은 거의 대부분 픽사에서 제작한 애니메이션들이었다. 당장 픽사가 공급을 안 해주면 디즈니는 문을 닫아야 할 지경까지 이르렀다.

디즈니 이사회에서는 픽사와의 합병을 제안하는데, 방식은 디즈니가 픽사를 74억 달러에 인수하는 것이었다. 하지만 결과론적으로 픽사 대표가 디즈니 전체 대표가 되는 형식이었고, 픽사 주식의 51%를 가지고 있는 스티브잡스는 디즈니 주식의 7%를 갖게 되어 디즈니의 최대 주주가 되었다. 이렇게 해서 몰락해가는 디즈니는 다시 살아나게 된다.

스티브 잡스는 디즈니를 설득해 막대한 자금을 대게 하여 토이스토리를 제작하게 되는데 그 과정은 정말 살얼음을 걷는 것과 같았다. 어떻게 보면 스티브잡스도 가지고 있는 자금이 고갈되어 파산의 위기를 직면한 상태였다. 애플을 출시할 때도 극적으로 투자자를 만나 제대로 된 제품을 출시했었다.

모든 것을 걸고 하는 이런 절박함이 결국 대단한 발명품을 만들어내는 것 같다.

농축산업으로 파산하고 농축산 가공업으로 성공한 하림

하림의 터닝포인트는 ALL-IN-ONE(생산부터 유통까지) 방식으로의 전환이었다. 기존의 농축산물 생산의 경험을 가지고 생산부터 판매까지 한 회사가 하게 되자 이익은 급등했다.

인간은 두뇌의 한계 때문인지 여러 분야의 전문가가 되기 쉽지 않다. 보통 사업상 만나서 소개를 할 때 무엇을 하는 회사 입니까? 라고 물어보면‘우리는 모든 걸 다 하는 회사입니다.’라는 답변은 한 번도 들어본 적이 없다.
그런데 이렇게 모든 걸 다 하는 회사가 종종 있다는데 놀랐고, 또한 엄청난 성공을 거두고 있다는데 한 번 더 놀라게 되었다. 더더군다나 이렇게 모든 걸 다 하는 회사가 각 업종별로 큰 성공을 거두고 있다는데 주목해야 한다.

의류 쪽에는 이미 이렇게 기획-생산-제조-유통-판매를 다 하는 회사가 있는데 대표적으로 유니클로, 자라, 갭 등이 있다. 그런데 조사를 하다 보니 이렇게 모든 걸 다 하는 회사는 의류분야뿐만 아니라 애플과 같은 대기업들도 존재하는데 다들 어느 정도 성공을 거두고 있는 걸 보면 이 부분은 사업 분야에서 굉장히 중요하다는 것을 알게 되었다.

하림의 CEO인 김홍국 회장은 1978년 육계농장을 설립하게 되어 어느 정도 성공을 거두게 되었는데, 1982년 닭값 폭락으로 하루아침에 육계농장이 망하게 되었다. 그래서 다른 영업일을 하던 중 우연찮게 아이디어가 떠올라서 다시 회사를 차리게 된다.

당시에 닭값은 폭락해도 소시지 값은 폭락하지 않고 그 가격 그대로를 유지하였다. 그래서 김홍국회장은 육계농장뿐만 아니라 육가공업을 해야겠다고 사업 방향을 바꾸게 된다. 그 후로는 회사가 육가공업뿐만 아니라 유통까지도 같이 할 수 있는 시스템을 만들게 되었는데, 이런 아이디어가 지금의 하림을 시가총액 5조원이라는 대기업이 되는데 터닝포인트가 된 것이다.

보통 회사들은 육계농장, 육가공회사, 축산물유통회사, 판매매장 이런 식으로 각각의 회사의 이윤을 추구하며 운영한다. 또한 각각의 회사들은 적어도 5%~30% 이상의 마진율을 가지고 사업을 한다. 그래야 회사의 이익이 발생하여 운영되는 것이다. 그

런데 이런 회사들을 하나로 통합하면 어떻게 될까? 한 회사가 육
계농장부터 육가공까지 해서 유통을 시키고, 판매망까지 운영한
다면 최고의 시너지를 가지는 회사가 될 것이다. 이미 의류업계
에서는 유니클로와 같이 이런 SPA 방식으로 큰 성공을 거둔 사례
가 많다.

　김홍국 회장이 만들려고 했던 하림이라는 회사는 바로 이런
방식의 생산-가공-유통이 통합된 회사였다. 결국 이 방식은 시장
에 먹혀서 엄청난 성공을 거두게 되어 지금의 하림이라는 대기업
이 탄생하게 된 것이다.

　또 한 하림은 시너지가 날 수 있는 각 분야의 회사들을 인수
하였는데, 천하제일사료와 육계 계열화 사업체인 올품, 가축약품
전문 회사인 한국썸뱉, 판매유통분야에서는 홈쇼핑업체인 농수
산홈쇼핑 등등을 인수하여 엄청난 시너지를 창출할 수 있게 되었
다. 특히 사료 곡물 분야의 인수가 성공적이었는데, 1년 매출만 1
조 5천억 원을 넘어서서 하림 전체 매출의 1/3 수준까지 육박하게
되었다.

　결론적으로 김홍국 회장이 기획했던 생산-가공-유통 분야를
하나로 통합한 것이 엄청난 성공과 부를 만들어낸 것이다.

인물편

광개토대왕

철의 대량 확보가 가져다 준 광개토대왕의 영토 확장

중국을 통일한 진시황도 철의 대량생산과 개량으로 인한 무기가 밑바탕이 되었듯이, 광개토대왕의 성공도 철이 가져다 준 선물이었다.

고구려의 최대 전성기는 광개토대왕, 장수왕 시절이다. 그렇다면 어떻게 광개토대왕은 엄청난 땅을 점령할 수 있었을까?

해답은 철에서 찾을 수 있었다. 고구려는 광개토대왕 이전에 철의 최대 산지인 '신성'이라는 지역을 확보해 엄청난 양의 철을 생산할 수 있었다. 심지어 중앙아시아까지 남는 철을 수출할 정도였다. 또한 제철 기술 또한 발달해서 갑옷의 철을 경량으로 제작할 수 있었다. 철을 얼마나 많이 생산했으면 말의 갑옷까지 2중,3중으로 철로 입힐 정도였다.

철의 생산량이 많아지다 보니 군대도 철로 무장할 수 있게 되었는데, 특히 중장기병의 경우 사람과 말 모두에게 철갑옷을 입혀 마치 탱크와 같은 군대를 만들 수 있게 되었다. 이때 또 한 가지 중요한 기술개발이 되었는데 그건 바로 초 경량화 된 갑옷의 생산이었다. 갑옷이 초 경량화 되다보니 말에게도 입힐 수 있어 방어력이 훨씬 좋아진 것이다. 이 당시는 철갑옷 무게가 상당하므로 철갑옷을 사람과 말에 동시에 입혔을 경우 전투력이 너무 떨어져 실용성이 없던 시절이었다.

갑옷의 초 경량화에 성공한 고구려의 중장기병은 탱크처럼 적진을 부수고 들어가는 전술을 많이 사용하였는데, 상대편에서는 엄청난 위압감이 들었을 것이며 그 당시로서는 천하무적의 군단이었을 것이다.

이때 중국이나 백제 등도 중장 기병이 있긴 하였으나 철 부족과 철 가공기술의 부족으로 고구려와 같은 중장기병을 만들 수가 없었다. 그래서 수나라, 당나라 시절에 고구려 철의 최대 생산지이자 기술 보유지역인 '신성'을 정복하려고 수많은 군사를 동원하였었지만 이 지역을 점령하지는 못했다.

진시황도 중국을 최초로 통일할 당시 최대 원동력이 되었던 것은 철의 대량생산 기술의 확보였다. 그렇다 보니 철로 무장한 강한 군대를 보유할 수 있었고 주변국과의 전쟁에서 항상 우위에 설 수 있었던 것이다.

이만큼 전쟁에서 무기가 중요한데, '2천 년 전에 M16소총 한 자루만 있으면 세계를 정복 할 수 있다'라는 말이 결코 과장은 아닌 것이다.

손정의

일본IT시장의 몇 년 후의 모습은
현재 미국 상황임을 눈치 챈 손정의

손정의의 성공의 터닝포인트는 미국 IT시장의 변화를 읽는 것이었다. 미국에서 개발된 건 무조건 몇 년 안에 일본에 들어오기 때문이다.

손정의가 큰돈을 벌게 된 것은 직접사업과 IT회사 투자였다. 직접 사업으로 성공한 것은 1980년대 초 마이크로소프트와의 소프트웨어 독점판매권을 가져온 것과 2007년 애플사의 아이폰의 독점판매권을 가져온 것이 대표적이었다. 또 IT회사에 투자로 성공을 거둔 것은 1996년 야후에 1억 5천만 달러를 투자해 2년 후 나스닥에 상장한 것과, 2000년 마윈이 창업한 알리바바에 200억을 투자해 2014년 나스닥에 상장해 54조원을 벌어들인 것이 가장 큰 성공 사례이다.

손정의는 1957년 재일교포 3세로 일본에서 태어나 일본 고등학교를 다니다가 미국 고교유학을 가게 되는데 2주 만에 고교과정을 마스터하고 캘리포니아대학교를 졸업하게 된다. 또 대학을 졸업할 무렵은 미국에서 애플 등 개인용 PC가 개발되어 한참 붐을 일으킬 때였다. 빌게이츠, 스티브잡스 등이 20대 초반에 창업을 이제 막 시작 했을 무렵으로 미국에서는 PC를 이용한 스타트업 기업들이 엄청나게 생겨날 시기였다.

손정의가 성공한 것은 미국의 이런 변화를 잘 읽었고, 변화의 시기의 기회를 포착했기 때문일 것이다. 대학을 졸업 후 일본에 귀국한 손정의는 1981년 소프트웨어 유통회사인 소프트뱅크를 차린다. 원래는 빌게이츠 같이 소프트웨어 개발회사를 차릴 생각이었으나, 유명한 '70%의 승산'에 투자하기로 했다.
소프트웨어를 직접 개발해서 성공할 확률은 지극히 낮다고 봤고, 대신 성공한 소프트웨어를 유통하는 사업 방식을 선택한 것이다. 미국에서는 마이크로소프트사가 개발한 MS-DOS, 윈도우즈 시리즈가 미국 PC 운영체제 시장을 거의 독점하다시피 했다.

미국 상황에 밝은 손정의는 즉시 빌게이츠를 끈질기게 설득해 마이크로소프트와 독점판매 계약을 체결하게 된다. 이것이 터닝포인트가 되어 소프트뱅크는 일본 소프트웨어 시장의 절반 이상을 장악해, 1994년에는 주식 상장을 하게 되어 대규모 자금을 유치하게 된다.

1995년대는 미국에서 인터넷 붐이 일어 라이코스, AOL 같은 검색 엔진들이 자리를 잡아 가기 시작했다. 이때 쯤 스탠포드 대학에서도 검색엔진 개발에 한창 열을 올리고 있었는데, 눈에 띄는 것 제리양이 주도하는 야후 서비스였다. 야후는 기존과 달리 모자이크 방식으로 링크를 모아 서비스를 시작했는데, 이런 모자이크 방식의 웹서치 스타일은 이 당시로써는 굉장히 획기적이었으며 사용자들이 사용하기 편했다.

이때 손정의는 이렇게 모은 대규모 자금을 가지고 이제 막 태동하는 실리콘밸리의 회사들에 투자를 시작했는데, 이제 막 유명해지기 시작한 야후에 1억5천만 달러라는 대규모 투자를 하게 된다. 또한 야후재팬까지 설립하게 되는데 두개의 야후는 2년 후 나란히 상장을 하게 되어 몇 백배의 차익을 거두게 된다. 아마도 손정의가 실리콘밸리의 거물이 된 건 이 때 부터일 것이다.

2008년 손정의의 소프트뱅크는 또 한 번 도약을 하는데 애플사의 아이폰의 일본 독점판매였다. 아이폰은 2007년 미국 출시 이후 엄청난 흥행을 일으켰는데 아이폰의 독점 사업권을 소프트뱅크가 가져온 것이다. 당시 일본에서는 NTT도코모가 압도적으로 일본의 이동 통신 시장을 장악하고 있어서 당연히 아이폰은 NTT도코모가 출시할 줄 알고 있었다.

하지만 여기에는 비하인드 스토리가 있었다. 2005년 당시 아이팟이 엄청난 히트를 할 때 였는데 손정의는 스티브잡스를 만나 아이팟과 핸드폰과 인터넷 형태를 결합한 아이폰 형태의 제품에 대해 건의를 했는데 스티브잡스는 그 당시 이미 아이폰을 구상하여 개발에 들어간 상태였다. 그래서 출시되면 일본시장은 당신에게 주겠다고 약속을 한 터였다.

소프트뱅크는 2006년 보다폰 일본 법인을 인수해 이동통신사를 차렸고, 2008년 아이폰을 독점 판매하게 된 것이다. 그러므로 소프트뱅크가 이동통신사를 차린 건 순전히 애플의 아이폰을 독점판매 하기 위해서였다. 그 후 소프트뱅크는 아이폰에 힘입어 8년 만에 NTT도코모를 누르고 일본 이동통신사 1위를 달성하게 된다.

2014년 알리바바가 나스닥에 상장을 하게 되고 이때 또 한 번 손정의라는 이름이 거론되는데 손정의가 알리바바 주식의 34%를 소유한 최대 주주였던 것이다. 금액으로는 578억 달러라는 천문학적인 수치였다. 막상 창업자인 마윈은 8%대의 주식 밖에 소유하고 있지 않았는데도 세계 부호 몇 십 등 안에 든다는 뉴스들이 나오곤 했다.

손정의가 알리바바에 투자한 건 거슬러 올라가보면 2000년 제리양의 소개로 마윈을 만나면서부터였다. 이때 손정의는 마윈의 투자설명을 6분도 채 듣지 않고, 200억을 투자하게 되는데 마원이 이 돈을 가지고 오늘날의 알리바바를 성장시키게 된 것이다. 이 당시만 하더라도 이베이가 중국시장의 대부분을 장악하고 있던 터라 알리바바로서는 거래 수수료 무료라는 배수진을 칠 수밖에 없는 상황이었다. 손정의의 200억이 아니었으면 회사 운영조차 불투명한 상황이었다.

손정의의 모든 사업과 투자는 거의 대부분 미국 시장과 맞물려 있다는 걸 알 수 있는데, IT산업은 미국에서 먼저 히트를 하고 그 다음 해 정도 일본에서 히트를 하는 식이어서 미국시장의 상황을 잘 안다는 것은 일본 시장에서의 성공을 의미하는 것이었다.

하지만 손정의는 투자실패 사례도 꽤 되었는데 가장 큰 실패는 미국 이동통신사 스프린트의 인수였다.20조에 인수를 하여 T모바일과 합병하려 했으나 미 정부에서 거절을 하게 되어 경영권을 내어놓게 된다. 또 2016년에는 영국 반도체 설계회사인 ARM을 33조원에 인수하지만 시장의 반응은 싸늘해서, 다음 날 소프트뱅크 주식은 10% 이상 폭락한다. 또 쿠팡에 1조원 투자한 것도 엄청난 적자를 기록해서 회생이 가능할지 모르겠다. 이 밖에도 많은 투자실패가 쌓이면서 부채가 엄청나게 늘어나 2017년 기준 1300억 달러의 부채를 지게 되어, 소프트뱅크는 투자부적격 판정까지 받게 된다.

하지만 손정의의 개인자산은 최고에 달해 2017년 기준 일본 부호 순위는 자산 2조2640억 엔을 보유한 손정의이며 2위는 유니클로를 창업한 야나이 다다시로 1조 8200억 엔을 보유하고 있다. 세계 부호 순위로는 한때 1위까지 갔었으나 인터넷버블이 꺼지면서 2017년에는 34위 정도이다.

손흥민

17살까지 기본기만 배운 손흥민

손흥민을 보면 소림사에서 10년간 무공만 수련한 도인이 드디어 속세를 장악하는 무협지가 떠오른다. 결국 이렇게 쌓은 무공은 아시아 최고의 축구선수가 된다. 손흥민의 성공의 터닝포인트는 오로지 기본기에 집착했기 때문이다.

손흥민은 현 아시아 최고의 축구선수이자 대한민국 축구 국가대표팀의 에이스로, 아시아인 프리미어리그 최다 이 달의 선수, 최다 득점 기록 보유자이다.

차범근 – 박지성 – 손흥민으로 이어지는 대한민국 축구의 계보이며, 현재는 프리미어리그 토트넘 핫스퍼에서 뛰고 있다.
손흥민 편에서는 손흥민을 소개하기 전에 손웅정씨에 관해 먼저 알아볼 필요가 있다.

손웅정씨는 손흥민의 아버지로 전 프로축구 선수로서 현대와 일화에서 활약했으나 부상으로 28세 때 조기 은퇴하여 지금까지 지도자의 길을 걷고 있다. 손웅정씨는 자신이 한국 축구를 하면서 겪었던 기본기 부족에 대한 많은 문제점들을 개선해나가며 축구의 기본부터 집중적으로 연마해나가도록 유망주들을 교육시켜나가고 있다. 특히 차남인 손흥민을 8세 때부터 기본기훈련 위주로 집중 교육했고, 8년이라는 기본기 훈련 뒤에 비로소 축구 대회에 내보냈다.

축구 감독들은 손흥민을 보고 "기술적으로 역대 한국 선수 가운데 최고의 수준에 올라 있다. 앞으로 더 치고 나갈 것"이라고 예측했다. 목표한 대로의 결실이었다.

손웅정은 자신이 프로선수 때 공격수이면서 수비수 한명 제치지 못하는 자신을 비관했고, 기본기를 마스터하지 못한 자신을 자책했는데 여기에 한을 품고 본인이 가르치는 축구 유망주들은 결코 자신과 같이 기본기가 부족하여 성장의 한계에 부딪치지 않도록 하겠다고 지도해나갔다.

손흥민은 8세 때 아버지 손웅정씨로부터 직접 축구를 배운다. 춘천 부안초등학교를 졸업하고, 원주 육민관 중학교를 졸업 후 FC-서울의 U-18팀이었던 동북고등학교를 3개월 다니다가 독일 분데스리가 함부르크로 유학을 떠나게 된다. 함부르크 유스팀 주전 공격수로 맹활약하다가 18세 때 함부르크 1군 소속으로 정식 데뷔한다.

이후 손흥민의 함부르크 SV 에서의 활약은 아래와 같다.

2010-11 시즌 성적표: 15경기(선발 8경기) 3골

2011-12 시즌 성적표: 30경기(선발 13경기) 5골

2012-13 시즌 성적표: 34경기(선발 31경기) 12골 2도움

손흥민은 이후 레버쿠젠으로 이적하게 되는데 활약상은 다음과 같다.

2013-2015 총 86경기(78) 29골 11도움 (한국인 한 시즌 챔피언스리그 최다 득점 기록.

이후 프리미어리그 토트넘 핫스퍼로 이적하고 아래의 기록들을 쓰게 된다.

아시아 EPL 통산 최다골.

아시아 최초 EPL 이달의 선수상 한 시즌 2회 수상

잉글랜드 FA컵 득점1위

그렇다면 손흥민의 기본기 훈련이란 어떤 것이었을까?

사실 축구라는 게 11:11의 경기지만 실제로는 1:1의 경기라고 볼 수 있는데 , 내 앞의 한명의 수비수를 제쳐야지 기회가 오는 경기이다. 지금까지의 조직 위주의 축구는 축구를 11:11의 경기로 보고 스피드, 체력, 패스, 전략 위주의 훈련을 해왔다. 이런 위주로 훈련을 하다 보니 막상 국제 경기에 나가서는 내 앞에 한명의 수비수조차 제치지 못하는 현상이 발생한다.

손웅정씨는 선수 생활 당시 여기에 오류가 있음을 간파하고, 자신이 가르치는 축구 유망주들은 경기위주보다 철저히 개인기 위주의 교육을 가르치게 되는데, 이 교육방식은 드디어 손흥민을 통해서 증명이 되어 널리 알려지게 된다.

김대길 해설위원은 "아버지가 볼 다루는 기술, 반복적인 연습, 실전보다는 기본기에 절대적으로 투자하면서 보통 한국의 제도권 축구교육에서 볼 수 없는 새로운 선수가 나왔다"고 평가했다. 또 "우리나라 선수들은 어렸을 때는 다른 나라 선수들에 비해 11 대 11 경기를 잘 하지만 성장하면서 기본기 부실로 더 이상 올라가지 못하는 경우가 많다.
하지만 손흥민은 중학교 시절까지 아버지의 집중적인 기본기 교육을 받았고, 고교 때 분데스리가의 체계적 훈련 등을 거치면서 계속 성장하고 있다"고 분석했다.

손웅정씨가 한 말 중에 "대나무가 땅 위에 싹을 틔우기 위해서 5년 동안 땅속에서 뿌리를 내려야 한다. 뿌리를 뻗을 수 있는 거리를 다 확보하고, 뿌리 뻗는 기간이 5년이다. 그런데 그 대나무가 지상에 딱 올라오면, 하루에 70cm씩 큰다. 그런 생각을 많이 하고 기본기에 충실해서 훈련한다.' 라는 말이 있는데, 이 말은 결국 손흥민이 증명해준 것이 된다.
이와 같이 손흥민의 성공의 터닝포인트는 기본기 훈련의 결과라고 볼 수 있겠다.

스티브잡스

엔지니어가 아닌 인문학적 관점에서 기계를 바라본 스티브잡스

스티브잡스의 첫 번째 터닝포인트는
IQ 200의 컴퓨터 천재 스티브 워즈니악과의 만남 이었다.

스티브잡스와 빌게이츠는 1955년생 동갑내기로 비슷해 보이지만, 완전히 다르다. 스티브잡스는 불우한 유년시절을 보냈고, 빌게이츠는 부유한 집안에서 자랐으며 하버드대학을 입학할 정도로 엘리트였다.

페이스북의 창업자 마크 주커버그도 하버드대 출신이며, 구글 창업자인 래리 페이지와 세르게이 브린도 스탠퍼드 대학원 출신이며, 아마존 창업자 제프베조스는 프린스턴 대학교를 졸업했다. 또 애플의 공동창업자 스티브 워즈니악도 캘리포니아대학교에서 컴퓨터공학을 전공했다.

　　미국 5대 IT기업의 창업자들은 명문대 출신이라는 공통점이 있다. 창업에 성공하려면 머리도 좋고, 공부도 잘 했어야 한다는 결론이다.
그리고 보면 5대 IT 기업의 창업자중 대학도 별 볼일 없고, 개발자도 아닌 사람은 스티브잡스뿐이었다. 스티브잡스의 인터뷰 영상을 보면 애플의 개발에 직접 프로그램 코딩을 했다고 하는데 실제로는 단 한 줄도 코딩을 하지 않았다. 스티브잡스는 프로그램 개발 능력이 있긴 하지만 아마추어 수준이라 쓸모가 없었다.
그런데도 결국 시가총액 1위 회사는 애플이지 않은가.

　　스티브잡스는 1955년 캘리포니아에서 태어났는데 부모는 대학생이었고 특히 아버지는 시리아출생 학생이라 집안의 반대가 심해 결국 부모가 키우지 못해 다른 가정에 입양되었다. 스티브잡스는 어른이 되어서도 친부가 누구이며, 어디 있는지를 알았으나 죽을 때까지 만나지는 않았다.

　　스티브잡스는 워즈니악을 만나기 전까지는 그다지 별 볼일 없이 살았으며, 대학교는 리드칼리지를 1학기만 다니고 자퇴하였다. 노숙자 생활 비슷하게 살았으며 불교에 심취하여 인도에 가서 살기도 했다.

방황이 세월을 보내다가 다시 캘리포니아로 왔는데 게임회사인 아타리사에 취업하여 게임프로그램을 만들었다. 이때 스티브 잡스는 컴퓨터에 심취하게 되는데 개인용 컴퓨터 동호회인 홈부르 컴퓨터클럽에서 활동하게 된다. 여기서 빌게이츠도 활동할 정도였으니 꽤 유명한 동호회 모임이었나보다.

스티브잡스는 인생의 중요한 전환점이 될 사람을 만나는데 IQ200의 천재 엔지니어 스티브 워즈니악을 만난다. 워즈니악은 이때 HP에서 근무할 때인데 잡스가 근무하던 아타리사에서 필요한 게임프로그램을 믿을 수 없는 속도로 개발하여 깜짝 놀라게 된다. 스티브잡스는 워즈니악에게 개인용 컴퓨터를 제작하는 회사를 차리자고 권유하는데 이 회사가 오늘날의 애플 컴퓨터이다. 워즈니악은 HP근무 시 개인용 컴퓨터를 제작하자고 건의를 많이 했으나 무산되었는데, HP에서는 워즈니악의 가치를 잘 몰랐었다. 이건 워즈니악의 행색을 보면 알 수 있는데 긴 머리에 히피차림에 몸매는 오랑우탄 몸매를 하고 있으니 이 사람이 당대에 최고 개발자라는 것을 몰라볼 만도 하다.

1976년, 이들은 차고에서 회사를 만들고 순식간에 애플1 컴퓨터를 제작해서 판매를 하는데, 큰 성공은 못 거두었지만 개인용 컴퓨터 제작에 성공하였고, 상업적으로 판매를 했다는데 의의를 둘 수 있다.
그 다음에 1977년에는 투자를 받아 애플2를 본격적으로 판매하게 되는데, 여기에는 스티즈잡스의 인문학적 소양이 많이 들어갔다. 케이스도 기존과 달리 공장에서 제대로 생산된 그럴 듯한 케이스에 주변저장장치도 포함을 시켰고, 특히 워즈니악은 컬러모니터를 지원하게끔 제작을 했다. 확장 슬롯도 8개나 만들어서 메모리 등의 확장이 가능했다.

기존에 개인용 컴퓨터가 없었던 것은 아니지만 애플2는 그야말로 아마추어티를 벗어난 프로페셔널한 컴퓨터였다. 애플2는 엄청난 판매고를 올렸으며, 개인용 컴퓨터 시대를 열게 되었다. 3년 후인 1980년에는 주식공개를 하여 스티브잡스와 스티브 워즈니악은 미국 최고의 갑부 대열에 합류한다.

이와 같이 빌게이츠 보다는 스티브잡스가 먼저 대박을 터트렸는데, 이때 빌게이츠의 마이크로소프트는 애플사의 협력회사 정도였는데, 애플용 앱을 제작하는 회사 수준이었다. 곧 이런 관계는 역전되지만 이때만 해도 빌게이츠는 그다지 알려지지 않았다.
하지만 주식공개를 하면서 스티브잡스는 내부 정치에 휩싸이게 되었는데 20대의 스티브잡스 성격은 누구와 타협을 하는 성격은 아니어서 이사진들 간에 불화가 많았으며, 이사회에서도 차츰 밀려나게 되었다.

1981년에 드디어 IBM에서도 개인용 컴퓨터를 출시하게 되고,

애플의 점유율은 갈수록 IBM호환 기종에 밀려나게 된다. 이때 스티브잡스는 경영상의 실수를 하게 되는데 애플의 점유율 방어를 하는 것이 아니라 더 고성능 컴퓨터 개발에만 매진하게 된다. 더 더군다나 스티브가 만드는 컴퓨터들은 기존 애플과 전혀 호환이 되지 않아 협력업체들은 응용프로그램을 새롭게 만들어야 했다. 이와 반대로 빌게이츠가 이끄는 IBM호환용 컴퓨터에서는 하나의 OS상에서 어떤 컴퓨터든지 작동이 가능했으며 모든 응용소프트웨어들이 별도의 작업변경 없이 구동이 가능하였다. 그래서 응용소프트웨어 개발사들은 애플용 소프트웨어보다 IBM호환용 소프트웨어 개발에 열을 올리고 있었다.

이때 빌게이츠는 IBM컴퓨터 운영체제인 MS-DOS의 라이선스 권한을 가지고 있었고, IBM호환 컴퓨터를 구동시키기 위해서는 빌게이츠의 MS-DOS 라이선스가 필요했다. 물론 MS-DOS를 라이선스 비용 없이 무단으로 사용도 가능했지만 이럴 경우 저작권 소송을 당할 수 있고 엄청난 배상금을 물어야 한다.

스티브잡스는 1984년 새로운 윈도우 방식의 매킨토시 컴퓨터를 완성하고 시장에 내놓게 되었다. 이건 정말 기존에 없던 획기적인 컴퓨터였다. 기존 컴퓨터에서는 명령어를 직접 자판을 통해 입력해야 했지만 이건 마우스라는 입력장치가 있어서 화면의 이미지를 클릭만 하면 컴퓨터가 작동이 되는 것이었다. 정말 초보자라도 하루만 연습하면 컴퓨터를 다룰 수 있었다.

하지만 치명적인 문제점이 있었는데 매킨토시는 기존의 애플컴퓨터와 호환이 전혀 되질 않았다. 아예 서로 다른 컴퓨터였다. 응용소프트웨어도 처음부터 다시 개발해야 했다. 애플컴퓨터는 출시한지 7년이 지나 애플용 응용소프트웨어들이 꽤 많이 출시가 되어 기업체들이 많이 활용하고 있었다. 그런데 이런 응용소프트웨어들이 매킨토시에서는 전혀 구동이 되지 않았다. 운용체제 자체가 전혀 달랐기 때문이다.

결국 매킨토시는 시장에서 외면 받게 되어 저조한 판매에 그쳤다. 하지만 매킨토시의 뛰어난 그래픽 처리 능력 때문에 출판업계나 디자인 업계에서는 선호하기도 했고, 이건 오늘날까지도 이어오고 있다. 스티브잡스는 매킨토시, 리사 등 최신 고성능 컴퓨터들의 잇단 실패로 회사에서 물러나게 된다.

여기까지가 스티브잡스 인생 1막이라고 할 수 있는데, 열정은 있었지만 그다지 미래가 보이지 않았던 스티브잡스에게 스티브 워즈니악은 그야말로 인생 성공의 터닝포인트가 되어 주었다.

Turning Point 　　　　　스티브잡스의 두 번째 터닝포인트는 빌 게이츠였다.

빌게이츠가 1995년경 애플에 투자했다는 사실을 아는 사람은 많지 않을 것이다.
애플은 1995년 무렵에 일 년 적자만 10억 달러를 넘어서게 되어 부도 위기에 몰리게 된다. 스티브잡스는 단돈 1달러 연봉에 애플의 임시직 CEO 자리를 맡아 그 다음해에 바로 4억 달러의 흑자를 달성하여 애플을 위기에서 구해낸다.

애플이 만년 적자 상태에서 갑자기 흑자로 돌아선 배경에는 빌 게이츠가 있었다. 단순히 스티브잡스가 애플로 복귀했다고 해서 주가가 뛰고, 적자가 흑자로 바뀌고 한건 절대 아니었다. 이 당시 애플의 매킨토시는 응용프로그램이 부족했다. 매킨토시를 구매한다고 해도 돌아가는 프로그램이 별로 없었던 것이다. 여기에는 마이크로소프트의 방해도 많이 있었다.

마이크로 소프트 입장에서는 경쟁사에 응용소프트웨어를 공급해줄 필요가 없었을 뿐더러 주변 업체들이 애플에 소프트웨어 공급을 방해하는 일도 적잖게 있었다. 스티브잡스가 복귀 할 무렵 바로 한두 달이면 애플은 침몰할 위기였다. 스티브잡스가 복귀 후 제일 먼저 한 일은 빌 게이츠로부터 투자를 이끌어내는 것이었다. 물론 스티브잡스의 자존심이 허락지 않았겠지만 그러지 않고는 애플이 파산할 수밖에 없는 처지였다.

빌 게이츠의 투자를 이끌어낸 것은 단순 돈 문제만은 아니었다. 빌 게이츠가 애플에 투자를 함과 동시에 마이크로소프트의 수많은 응용소프트웨어들을 매킨토시용으로 개발하는 것이 주요한 내용이었다. 이렇게 호환 프로그램이 많아지자 매킨토시는 판매량이 급증했고, 그 다음해 바로 흑자로 돌아서는 계기가 되었다. 빌게이츠는 자신의 자금이 애플에 투자되었으므로 전폭적인 지지를 아끼지 않았다.

애플은 주가가 다시 엄청나게 뛰었고, 빌게이츠는 투자한 것 이상의 성과를 이루었다. 매킨토시 판매량이 급증하자 매킨토시용으로 개발된 마이크로소프트사의 응용소프트웨어들도 판매량이 급증하게 되어 많은 이익을 보게 되었다.

Turning Point 스티브잡스의 세 번째 터닝포인트는 조나단 아이브였다.

MP3플레이어인 아이팟이라고 하면 한국인으로서는 좋지 않은 기억이 더 많을 것이다.

MP3플레이어를 최초로 개발한 회사는 한국의 아이리버였다. 모든 특허권도 아이리버가 가지고 있었으나 애플의 아이팟에 순식간에 추월당하고 만다.

아이팟이 이렇게 히트치게 된 몇 가지 주요 요인이 있었는데 첫째, 아이팟은 하드드라이브 방식으로 1000곡이 넘는 많은 곡을 담을 수 있었다. 이때 아이리버는 고작 8곡 내지 16곡정도 밖에 곡을 담지 못했다.

이 당시 MP3플레이어의 가격의 상당 부분은 메모리 가격이 차지하고 있었다. 지금으로 치면 전기차의 대부분의 원가를 배터리가 잡아먹고 있는 이치였다. 이점을 간파하고 아이팟은 비싼 메모리방식보다 가성비 좋은 소형 하드디스크 드라이버를 채용했다. 하드디스크도 싼 건 아니지만 1000곡이 넘는 곡을 담을 정도여서 가성비로 따지면 최고였다.

둘째, 디자인이었다. 애플의 디자인은 단순히 색깔이 이쁘고, 심플하고 이런 개념이 아니었다. 제품을 매우 단순화하여 직감적으로 사용할 수 있게 디자인이 된 것이다. 곡을 찾는 것도 버튼 클릭방식이 아닌 셔플 방식을 채택하여 별 힘을 들이지 않고도 플레이어 안에 있는 곳을 스캔할 수 있었다. 이 당시 MP3플레이어는 하나의 기계처럼 보였으나 애플이 출시한 아이팟은 사람의 생활에 자연스럽게 녹아들 정도로 친화적인 디자인 이었다.

이 제품을 디자인한 것은 영국에서 건너온 조나단 아이브였다. 조나단 아이브는 스티브잡스가 애플에 복귀하기 전에 이미 근무하고 있었으나 사람 볼 줄 모르는 애플은 조나단 아이브를 눈여겨보지 않았다.

스티브잡스는 조나단 아이브의 천재성을 바로 알아보고 아이맥 시절부터 중용해서 쓰기 시작한다. 이후 애플의 히트작인 아이팟, 아이폰, 아이패드 등을 디자인하여 애플 성장의 터닝포인트를 만들게 된다. 조나단 아이브는 스티브잡스가 생각한 것을 현실로 보여주게 되는데, 이런 제품들은 모두 스티브잡스 사후인 지금까지 명작으로 남게 된다.

아이팟이 대박을 터트렸을 무렵, 애플의 한 부서에서는 태블릿 형태의 아이패드를 개발하고 있었다. 스티브잡스는 이것에 덧붙여 핸드폰과 아이팟 기능을 요구했고, 조나단 아이브는 세상에 없는 새로운 형태의 제품을 디자인하게 된다.

그것은 전면에 태블릿 형태의 터치스크린을 부착한 아이팟이었는데, 핸드폰 기능까지 되는 것이었다. 이것이 바로 아이폰이다.

사실 애플에서는 1999년에 이미 iphone.org 라는 도메인을 등록했는데, 이때부터 이미 아이폰을 구상하고 있었나 보다. 후이즈에 검색해보니 1999년 12월 Registrant Organization: Apple Inc. 라고 되어있다.

2007년 아이폰은 드디어 출시되었고, 오늘 까지도 애플 매출의 상당액을 차지하는 것은 아이폰이다. 아이폰은 안드로이드 폰과 같이 운영체제에 맞춰 제품을 개발한 것이 아니고, 애플이 운영체제와 하드웨어를 모두 개발하다보니, 제품에 맞춰 운영체제

/ 도대체 어떻게 성공한 거야 /

● ● ●

를 개발하게 된 것이라 완성도도 굉장히 뛰어나다.

2018년 2분기 애플의 실적발표가 나왔는데 이중 아이폰은
5200만대가 팔렸으며 아이패드는 911만대, 아이맥은 408만대 등
이 팔렸다. 아직도 애플의 주요매출은 아이폰 판매에서 나오고
있다. 아이폰은 2007년 이후 애플을 이끌어온 가장 강력한 터닝
포인트가 되었다.

알렉산더

밀집방진대형와 기마전술로 세계를 점령한 알렉산더대왕

알렉산더가 전투하는 방식은 단순했는데 팔랑크스(밀집방진대형)와 기마전술이 거의 대부분이었다. 물론 기마를 전투용으로 쓴건 알렉산더가 최초이기도 하다.

알렉산더 대왕이 주로 사용한 전술은 당시로써는 획기적인 발상인 모루와 망치의 전술인데, 주력부대가 팔랑크스 전술로 적의 정면을 상대하여 절대 밀리지 않게 하면서 적의 측면과 후방을 기병대를 동원하여 치는 방식이다.

이런 전술로 알렉산더 대왕은 적은 군사력으로 3배가 넘는 페르시아 군을 물리쳐서 페르시아제국을 붕괴시키게 된다. 모루와 망치 전술의 첫 번째 핵심은 정면에 있는 주력부대가 쓰는 팔랑크스이다.

이 전술은 기존 그리스식의 팔랑크스를 보강하고 발전시켜 알렉산더 방식의 팔랑크스 전투방식을 개발하게 되었는데, 이 방식은 긴창을 든 군인들이 오와 열을 맞춘 상태에서 밀집하여 대형을 이루어 싸우는 방식이다. 멀리서 보면 한 마리의 고슴도치와도 같아 보이는데, 적은 병력으로도 많은 상대와 전투를 벌인다 해도 절대 밀리지 않는 방식이었다.

알렉산더 아버지가 주로 썼던 전술을 알렉산더가 획기적으로 보강하여 그야말로 천하무적의 전투방식으로까지 발전시켰으며, 그리스방식의 2.5m 창 대신 6.5m의 매우 긴 창으로 바꾸었으며 방패는 팔에 매달았으며 대형은 더욱 촘촘히 하여 방어력을 높였다.

팔랑크스방식의 최대 약점은 측면 방어와 후방방어의 취약점을 가지고 있었으나 이 부분을 보완하여 측면은 경장보병이 방어하였다.

Turning Point 알렉산더의 두 번째 성공의 터닝포인트는
기마병을 전투에 활용한 것이었다.

알렉산더가 활용한 무장한 기마병의 전투방식은 유럽에서는 최초의 전투방식이었다. 그 전까지만 해도 유럽에서는 기병대를

통신이나, 정찰 등의 보조수단으로 사용했으며, 기마병을 전투의 주력부대로 활용하고 있지 않았다.

알렉산더가 한 말 중에 "전쟁에서의 승리는 적의 취약점에 얼마나 빨리 많은 전력을 투입하느냐에 달려 있다"라는 말이 있는 걸 보면 기병을 통한 적의 취약점을 집중적으로 공격했음을 알 수 있다.

이와 같이 적의 후방과 측면을 기병대가 공격하여 상대의 대열을 흩뜨려 공격하는 방식을 취하였는데, 이 방식은 매우 성공적이어서 알렉산더 사후에도 오랫동안 이 방식은 매우 효과적인 전술로 이용되었다. 당시에는 이 방식의 전투로 거의 백전백승을 거두어서 적수가 없을 정도였다.

또한 알렉산더식의 팔랑크스 전술은 이 후 수세기 동안 전술을 깨기 위한 여러 가지 연구가 진행되었으며 드디어 로마시대에 와서 이 방식의 치명적인 약점이 발견되어 로마군에게 패하게 된다. 이 전술의 가장 큰 약점은 대열이 무너지면 한 번에 박살이 나는 문제점이 있었는데, 로마기병의 뛰어난 기동력에 대열이 흐트러지는 약점이 발견되어 이 부분을 집중 공략하게 되어 패하게 된다.

하지만 알렉산더는 이 방식을 기반으로 유럽 최대의 제국을 건설하게 되어 오늘날까지 역사에 남게 되었다.

• • •

이성계

기마전술과 편전은 이성계를 왕으로 만들었다.

이성계가 보유한 사병은 3천 내외이었지만 그 당시 동북아 최고의 부대였다. 이를 가능하게 한 건 기마전술과 편전이라는 활을 잘 다뤘기 때문이다.

역사서에 보면 이성계는 약 3천명의 사병을 거느리고 있었으며, 기마병만 1천이 넘게 보유하고 있었다. 이성계의 부대는 한국사 최강의 전투부대로 뽑힐 정도로 강했으며 고려 말 약 20년 동안 왜구 정벌이나 원나라를 상대로 요동성 정복 등 천하무적이었다.

이성계의 군대는 몽골인, 고려인, 여진족 등 다국적군대(?)라고 볼 수 있었는데,말과 활을 기본적으로 잘 다루었다. 역사서에 보면 전 투시에 이성계만 백발백중의 활 쏘는 기록이 있는데 이건 좀 영웅묘사를 위해서 쓰인 것으로 보이는 이유가 이성계가 활을 잘 쏘았다면 그 부하들도 활을 주요한 무기로 다루었을 것이다.

즉 이성계의 부대는 기마부대+ 편전의 조합으로 이루어져 당대 최고의 전투부대이었을 것이다.
또한 이성계부대가 활용했던 편전에 대해 설명 하자면 화살의 길이가 1척2촌으로 짧아 아기살이라고도 불렀으며 화살을 작은 통속에 넣어서 쏘게 되는데 화살에 맞은 자는 몸을 관통당할 정도의 위력을 지녔다.

사거리도 꽤 길어서 일반 활의 두 배인 500미터 이상이라고 한다. 또한 편전은 중량이 가볍고, 속도가 빠르고, 관통력이 강하였으며, 부피도 크지 않아 휴대도 편했다. 편전은 고려 말부터 조선시대까지 중요한 병기로 활용되었으며 무과의 한 과목으로 사용되었다.

이성계의 명성은 명나라의 주원장에게까지 알려졌었는데, 고려가 요동성을 정벌하려고 했다가 회군한 사실을 알면서도 오히려 고려를 침공하지 않고 쌍성총관부 지역의 동북 면을 고려의 영토로 인정한 사실이 있는데 이는 그만큼 이성계의 군사력이 강했다는 걸 주원장이 인정한 결과가 된다.

고려 우왕때 요동성 정벌을 하러간 이성계가 위화도회군을 하지 않았다면 성공했을까 실패했을까의 논쟁이 지금까지도 이어오고 있는데, 그 당시 주변 상황을 본다면 가능은 했으리라 본다.

이미 이성계는 원나라가 지키고 있던 요동성을 정벌한 적이 있다. 최영은 2차 요동정벌을 주장 했고, 원래는 자신이 직접 요동정벌에 나서려 했지만, 최영이 부재 시에 이성계가 반란을 일으킬 것을 예감한 우왕이 이성계를 대신 요동정벌에 내보낸 것으로 봐야 할 것이다. 하지만 군권을 쥔 이성계는 절호의 기회를 얻게 되어 왕이 되는 계기가 된다.

그리고 이성계는 왕이 되고 나서 다시 한 번 요동성을 정벌하려고 한다. 그만큼 그 당시에는 가능성이 있었다고 봐진다.

역사적으로 강한 군대의 밑바탕에는 항상 무기가 있었다. 알렉산더의 밀집방진형 대형, 임진왜란 때 일본의 조총, 청나라를 세운 누르하치의 기마병, 칭기즈칸의 기마병+활 등 무기가 밑바탕이 되었는데 강력한 무기를 가진 군대는 자신감 또한 최강이다.

전투는 기세가 좌우하는데 믿는 무기가 있으면 기세는 올라간다. 누르하치가 청나라를 세울 때 '내게 기병 1만이 있으면 세계를 정복할 수 있다'라고 했듯이 기병은 중세기 전투에서 강력한 무기였던 것이다.

이순신장군

함포사격으로 남해를 장악한 이순신장군

이순신 수군의 주 전력은 함포사격이었는데, 사전에 함선용 대포들을 많이 개발하고 발전시켰기 때문에 수상전에서 우위를 점할 수 있었다.

이순신장군 하면 다들 뛰어난 리더십, 전략, 전술, 장군으로써의 용맹, 부하를 사랑하는 마음 등이 승리 요인이라고 생각할 수 있다.

하지만 주요요인은 의외로 무기였다. 알렉산더나 나폴레옹, 광개토대왕 등 세계 정복자들의 기본적으로 밑바탕이 된 건 사실 무기였다. 또한 모든 전술은 이렇게 새롭게 개발된 무기를 활용한 전술이었다.

알렉산더의 긴 창을 이용한 밀집대형, 나폴레옹의 획기적인 대포와 포탄의 능력, 광개토대왕의 철기병 등은 그 이전까지의 전술로는 활용할 수 없어서 새로운 전술을 필요로 했다. 이때까지 사용하지 않은 이런 새롭게 계량된 무기를 활용할 만한 새로운 전략이 뒷받침되어야 한다는 것이다.

이순신 장군이 주로 사용한 전술은 학익진 대형으로 학이 날개를 편 듯한 모양이다. 화포를 장착한 함선을 가로로 일렬로 쭉 펼쳐야만 원거리에서 함포사격이 가능하다. 최대 사거리는 1km 이었으나 사거리가 멀면 그만큼 포탄 손실도 많으므로 실제로는 100~200미터 정도의 중거리 정도의 거리에서 주로 전투를 했을 것으로 예상된다.

왜냐하면 일본 수군은 화포가 없는 대신 조총이 주 무기였는데, 최대 사거리는 50미터 이었으므로 50미터 이하로 근접해서 싸우지는 않았을 것으로 예상되는데 조총의 사거리에 들어온다면 아무래도 아군 측 사상자도 생길 수 있으므로 조총 사거리인 50미터보다는 벗어나서 전투를 했을 것이다. 조총은 갑옷을 뚫을 정도로 타격이 좋아서 임진왜란 때 우리 군에 많은 피해를 주었다.

이 당시 우리 수군의 주 무기는 배에 장착한 대포였으며 종류도 크기별, 사거리별로 여러 가지로 지속적으로 계량이 되어온 무기였다. 이때 쓰인 화포의 포탄은 수류탄과 같이 터지는 방식이 아니라 그냥 큰 돌멩이라고 보면 된다. 포탄이 터지는 것은 아니고, 그 포탄으로 적의 배를 깨뜨리거나 구멍을 내는 방식이다. 구멍이 나면 어차피 침몰하게 되므로 구멍이 난 배들은 더 이상 공격은 하지 않았을 것이다. 간단히 설명하자면 화포를 사용하여 적의 배에 구멍을 내는 전략으로 전쟁을 했을 것이다.

또한 근접전은 피할 수밖에 없었는데, 왜군은 칼을 사용한 단병전에 굉장히 능해서 근접전이 발생하면 우리 측 희생이 커질 수밖에 없는 상황이었다. 그래서 고안해낸 것이 거북선이다. 판옥선에 갑판을 씌우고 철침을 박아 적이 배에 승선하지 못하도록 한 것이다. 거북선의 활용도는 이것이 가장 컸었는데, 활용도는 생각보다 많았던 게 어차피 적은 화포가 없고, 거북선에 승선도 못하니 근접전이 가능한 것이다.

주로 거북선을 돌격 선으로 사용하였는데, 돌격하면서 좌우로 화포를 쏴서 양쪽의 적을 동시에 궤멸시키는 방식이다. 거북선을 처음 도입한 해전은 사천해전으로 이 방식은 꽤 성공적으로 먹혀서 그 이후로 계속 해서 투입이 되어 꽤 많은 성과를 이루었고, 왜군들한테는 공포의 대상이 되어버렸다.

／ 도 대 체 어 떻 게 성 공 한 거 야 ／

216

해전이 계속되면서 조선 측 화포에 맥을 못 추자, 자기네 배에도 화포를 장착하기 시작했다. 하지만 여기에는 구조적인 문제점이 있었다. 조선 측의 배들은 판옥선으로 크기가 매우 커서 대포의 반동에도 끄떡없어서 많은 대포를 장착하여 발포를 한다고 해도 전혀 문제가 없었으나 왜의 함선들은 크기가 작고, 선체가 약해서 대포를 장착해서 쏠 경우 배가 부서지거나 전복될 수가 있었다. 그래서 대포를 매달아서 쏠 수밖에 없었는데, 이렇게 할 경우 화력은 미미한 수준으로 떨어지게 된다.

결국 일본은 해상에서의 전투를 피하는 방식으로 전략을 바꾸어 해전을 피해갔다.

**이순신장군의 극적인 면은
적은 함선으로 몇 십배가 많은 적을 물리친 것이다.**

이순신장군의 해전 중 가장 극적인 해전은 명량해전일 것이다.
영화로도 제작된 것을 봐도 얼마나 영화 같은 사건이었는지를 알 수 있다. 12척의 배를 가지고 300여척이 넘는 적의 함선과 싸워서 이겼으니 말이다. 이순신 장군은 결코 무모한 사람이 아니다. 12척을 가지고 300여척과 싸워서 승산이 있다고 봤기 때문에 전투를 벌인 것이다.

명량이라는 곳은 울돌목으로 가로 폭이 좁아서 동시에 10척 이상이 지나갈 수 없는 좁은 수로이다. 이곳을 300척이 지나가려고 하면 10척씩 종대로 줄을 지어서 지나가야 한다는 단점이 있다. 그러므로 한번에 10척씩만 상대하면 되었던 것이다.

이순신장군 수군의 최대 장점은 50미터~200미터의 중거리에서의 함포사격을 통한 적선을 파괴하는 전술이었다. 이건 적이 알면서도 당할 수밖에 없는 전술이다. 왜선이 이 방식에 대응하려면 함선자체를 새로 개조해서 만들어야 했기 때문에 전혀 대응할 수가 없었다.

명량해전에서 이순신장군은 이 방식으로 우리 측 피해 없이 적선 31척을 파괴했고, 왜군은 더 이상 서해 쪽으로 진격을 할 수 없게 되어 왜군 육군에 보급품을 전달할 수가 없게 되었다. 보급품 지급을 못 받은 일본 육군은 전쟁을 제대로 할 수 없게 되어 조명연합군에 밀릴 수밖에 없었다.

이순신장군은 왜의 본거지인 부산진을 공격하라는 선조의 명령을 거부했는가?

이순신장군의 성공방식에 위배되었기 때문이다.
이순신 장군은 중거리를 두고 함선 대 함선의 싸움에서는 거의 100전 100승의 승률을 자랑했고, 이 방식에 조선 수군의 화력은 최적화되어있었다. 함선에서 육지를 공격하는 방식은 당시의 역량으로써는 무모하기 짝이 없는 방식이었다. 육지에서 대포를 쏘면 함선에서 쏘는 것의 몇 배의 사거리까지 공격이 가능하다.

이미 부산진에는 왜군들이 진지를 구축하여 엄청난 양의 대포를 준비해둔 상태라 부산으로 함선을 몰고 진격하는 것은 자살행위였던 것이다. 왜군들 또한 해상에서 함선대 함선의 싸움은 100전 100패라는 것을 알고 있었기에 왜군들이 서해 쪽으로 진격을 하지 않았던 것이다. 물론 선조 입자에서는 천하무적 이순신이 모두 격파해주기를 바랐겠지만 이순신은 성공의 방식에서 벗어난 방식으로 전투를 벌일 수는 없는 노릇이었다.

마치 육상선수가 축구 경기에 나서서 우승하는 것과 같은 이치다. 우사인 볼트가 100미터 세계신기록 보유자이긴 하지만 프로축구 2부 리그 입단테스트조차도 통과하지 못했다.

10진법을 활용한 조직 관리로 세계를 정복한 칭기즈칸

칭기즈칸의 군대는 각 군대마다 각기 다른 무기체계와 전술을 가지는데, 이는 10진법의 군사체계에 있다. 10의 제곱, 10의 2제곱, 10의 3제곱으로 늘어나는 방식인데 크게 보면 각기 독립된 부대가 다단계방식으로 구성되어있어 무한 확장이 가능하다.

세계를 정복할 정도로 강력한 군대에는 반드시 그 이유가 있음을 발견하게 되었다. 무기라든지 병법 등 무언가 이유가 있었다. 단순히 지휘관의 자질이겠지 라고 하는 건 분명 오산이다. 동일한 조건일 경우 지휘관의 전략에 의해 승부가 결정 나기는 하지만 세계를 정복할 정도로 강력한 군대가 되려면 전쟁에 있어서 90% 이상의 승률이 있어야 가능하다. 그렇다면 칭기즈칸은

／ 도 대 체 어 떻 게 성 공 한 거 야 ／

• • •

220

어떤 터닝포인트가 있었을까?

이건 정말 의외로 자본주의 방식에서 실마리를 찾을 수 있었다. 자본주의방식은 공산주의도 이겼고, 왕권주의, 봉건주의 등 모든 사회 방식을 격파한 인류 최종의 강력한 국가 체제 이다. 그런데 이런 방식이 과거 역사에 가끔씩 등장한다. 로마제국이 그렇고 칭기즈칸이 그랬다. 역사적으로 봤을 때 이런 방식이 제대로 먹혔을 때 세계를 정복할 정도로 강력한 제국이 탄생했다.

칭기즈칸의 군대체제는 지금의 자본주의 방식과 다단계 피라미드 방식을 합쳐놓은 방식이다. 군 체제는 10명의 부하를 거느리면 10호장, 10호를 10개 거느리면 100호장, 100호를 10개 거느리면 1000호장, 1000호를 10개 거느리면 10000호장, 그리고 10000호를 거느리면 '칸'이 되는 방식이었다. 그리고 각각의 우두머리는 신분에 상관없이 철저히 능력에 의해 가능했다. 어떻게 보면 지금의 자본주의 방식과도 유사하다고 보면 된다.

역사적으로 어떤 사회, 국가든지 천민, 평민, 양반, 귀족 등 신분제가 있었으며 신분제가 있어야 국가통치가 쉬웠다. 이런 신분 타파의 군 체제는 폭발적인 군대를 양성할 수 있었고, 하다못해 피정복민 중에서도 우두머리가 될 수 있어서 군대가 강해질 수밖에 없었다.

역사학자들은 칭기즈칸에 세계를 정복한 성공요인에 대해 엄청난 연구를 진행하고 있다. 과거 역사의 성공요인은 지금도 다르지 않게 통용될 수 있기 때문이다. 특히 기업의 CEO들은 과거 역사적으로 크게 성공했던 이런 사례들을 회사 경영에 적용한다면 또 다른 성공을 거둘 수 있을 것이다.

칭기즈칸이 성공했던 또 다른 이유는 신무기의 이용이었을 것이다.

칭기즈칸의 군 체제는 칸의 지휘를 받기도 하지만 군대 자체가 좀 독립성이 보장되는 면이 있다.10호장이라도 전쟁에서 대승을 거두게 되어 부하를 많이 거느리게 되면 한 순간에 100호장, 1000호장이 될 수 있기 때문에 온갖 방법들을 찾아내고 강구했을 것이다.

이런 맥락에서 보면 화약이나, 공성무기 등 신무기를 각 소규모 군대의 장들이 적극적으로 받아들여서 전쟁에 활용했으리라 본다. 보통의 군대는 뭐 하나라도 도입하려면 최종 결정권자의 허락을 받아야 하지만, 이렇게 각각의 독립성을 보장해주는 군대 내에서는 뭐든 전쟁에 도움이 되는 건 다 시도해보고 활용했으리라 본다.

마치 지금의 스타트업 기업이 많이 생겨나서 망하기도 하지만 대박을 터트리면 한 순간에 엄청난 부를 얻는 것과 같은 방식이었으리라.

　　칭기즈칸 의 몽골 군대는 대부분 군사 1명당 말 한 마리의 형태였다. 몽골 군사들은 어렸을 때부터 말과 같이 생활을 하여 말을 타고 전쟁을 하는데 굉장히 익숙해져있었다. 그만큼 기동력 부분에서 타의 추종을 불허했던 것이다. 또한 몽골 말들은 짝발이어서 병사들은 말을 탄 상태에서 흔들림 없이 활을 쏘기가 용이했다.

몽골 말들은 크기가 작아 조랑말 형태였는데, 이건 기마대 기마 형태로 전쟁을 했을 경우 속도 면에서 단점이기도 했다. 하지만 결론적으로는 이런 조랑말 형태가 생각과는 달리 이점이 더 많다고 볼 수 있다. 여기에는 몇 가지 이유가 있는데

　　첫째로 조랑말을 타고 싸울 경우 지면과의 반동이 크지 않아서 활쏘기가 편했으며 활의 명중률이 높았다. 적군과 똑같이 말을 타고 기동하면서 활을 쏠 때 훨씬 정확도가 높았던 것이다. 적의 기마병과 싸울 때 근접전이 아니라면 무조건 유리한 상황이다.

　　둘째로 말에서 떨어져도 큰 부상을 입지 않는다. 보통 말들은 키가 2미터 가까이 되서 말에서 한번 떨어지면 뼈가 부러지는 경우가 많거나 일어날 수가 없다. 하지만 몽골말은 키가 작아서 말에서 떨어진다 해도 바로 일어나서 다시 전투를 벌일 수가 있었

다.

세 번째로 보통 국가들은 기마병보다는 보병이 많다. 그러므로 몽골 기마병은 같은 기마병끼리의 싸움보다는 보병과의 싸움이 더 많았을 것이다. 보병과의 싸움에서는 몽골말과 같이 크지 않은 안정적인 말이 오히려 전투에 유리했던 것이다. 말을 탄 채로 활도 쏠 수 있고 칼과 창을 휘두를 수도 있었으니 전투에 유리한 점이 많았다.

결론적으로 봤을 때 몽골말과 활을 이용한 전투 방식이 세계를 제패하게 되었으니 이런 방식의 전투가 세계최강이라는 것이 스스로 증명이 된 셈이었다.

성공한 사업모델별

　　개방형 비즈니스모델 방식은 집단 지성을 활용한 수익창출이라고 볼 수 있다.

애플이나 리눅스나 골드코프 탄광의 경우 개인들도 이 회사의 비즈니스에 참여 할 수 있도록 하여 크게 성공을 거두게 된다.

아이폰, 아이패드의 앱스토어

　　개방형 비즈니스 모델로는 대표적 성공모델로 애플의 앱스토어가 있다.

　　애플은 스마트폰을 개발하면서 여기에 필요한 응용소프트웨어(앱)가 많이 필요했다. 단순히 스마트폰이 전화, 문자, 카메라 기능만 제공된다면 고객들은 비싼 돈 들여서 스마트폰을 구매할 이유가 없다. 그래서 아이폰에 필요한 다용한 응용소프트웨어들이 필요했는데 이것을 아이폰에서 통제하는 것이 아니라 사용자들이 앱을 마음대로 올리게 한 것이다. 또 여기서 발생하는 수익은 애플사와 사용자가 3:7로 나눠 갖는 방식이다. 다양한 앱들은 애플의 스토어에 올리고, 다운로드 받을 수 있게 해놓았는데, 오픈 한달 만에 6천만건의 다운로드 수를 기록하여 개방형 비즈니스가 성공하게 된다.

　　이와 같은 방식은 아이팟에서 서비스 했던 아이튠즈에서 영감을 얻었는데, 아이튠즈는 완전한 개방형 비즈니스 모델은 아니지만 전초단계의 모델이라고 할 수 있는데, 음반사에서 올린 파일을 사용자들이 다운로드 받으면 음반사에 수익금의 70%가 지급되는 방식이었다.

이런 방식을 아이폰에서는 개인 사용자들도 앱을 자유롭게 올리게 함으로써 완전한 개방형 비즈니스가 출시된 것이다.

안드로이드 운영체제

아이폰의 폐쇄형 운영체제인 IOS와 달리, 구글은 개방형 운영체제인 안드로이드를 무료로 오픈하는데 어떤 스마트폰 개발회사든 안드로이드 운영체제하에서 스마트폰을 개발할 수 있게 했다. 사실 스마트폰용 운영체제를 개발하려면 수백 명의 개발자들이 몇 년이 걸릴 수도 있는 문제이고, 핸드폰을 개발하는 하드웨어회사에서 소프트웨어를 개발하기란 쉽지가 않은 문제였다.

구글은 자사의 운영체제를 무료로 사용하는 대신 자사에서 운영하는 검색엔진과 앱스토어를 사용하게 함으로써 상당한 이익을 얻고 있다. 전 세계 스마트폰 운영체제 시장에서 안드로이드 점유율은 80%에 달하며 아이폰의 IOS 는 17%를 차지하고 있다.

캐나다 광산회사 골드코프

한국에는 낯선 골드코프는 캐나다에 있는 광산회사로 전 세계 금 생산량 2위의 세계적인 기업으로 연간 9조원 이상의 매출을 올리는 거대기업이다.

골드코프는 개방형 비즈니스의 대표 격으로 회자되고 있는 회사인데, 1999년 파산의 위기에 직면했을 때 광산에 개방형 비즈니스를 적용하여 개인도 수익을 올릴 수 있게 한 것이 주효해서 엄청난 양의 금을 채굴하게 된 것으로 유명하다.

1999년 무렵 골드코프는 사업을 중단해야 할 정도의 위기에 직면하게 되는데, 우연찮게 MIT강연에서 개방형플랫폼인 리눅스 운영체제에 대해 듣고 나서 자신의 사업에 적용하게 된다. 골드코프는 자사의 6700만평의 광산에 대한 모든 정보를 인터넷상에 게시하고, 금맥을 찾는 사람에게 575000달러의 상금을 걸게 된다. 금광에 관심을 가지는 50여 개국의 지질학자, 대학원생, 수학자 등 관련 전문가들이 탐사에 참여하게 되어 110곳의 금광 후보지를 찾아내게 된다. 그중 80% 지역에서 220톤의 금을 발견하게 되어 90억 달러가치의 회사로 거듭나게 된다.

이 사건은 집단지성을 활용한 대표적인 성공사례인데, 세상에는 각 분야에서 능력이 뛰어난 사람이 정말 많다는 것을 일깨워주었다.

멜론

멜론이나 벅스뮤직 같은 플랫폼이 개방형 비즈니스모델이라고
할 수 있는데, 제작사에서 음원을 멜론에 업로드시키고 고객이
구매를 해서 다운로드를 하는 방식이다.

수익 배분방식은 멜론 40%, 음반제작사 44%, 음원 저작자(작
곡, 편곡, 작사) 10% , 가수 6% 으로 음원판매와 동시에 자동으로
수익배분이 이루어진다. 이는 아이튠즈의 수익모델과 비슷한데
음반 제작을 하면 누구나 자신의 음원을 플랫폼에 업로드할 수
있고, 사용자들은 결제를 하고 다운로드를 한다.

유튜브의 파트너십 프로그램

유튜브는 2005년 스티브 첸과 2명의 공동창업자가 개발하여
2006년 구글에 16억5천만 달러에 불과 1년여 만에 매각을 하여
잭팟을 터트린 대표적 실리콘 밸리의 신화로 회자되고 있다.

유튜브를 인수한 구글은 다음해인 2007년, 동영상을 올려서
인기가 많으면 수익금을 지급하는 방식을 도입한다. 이는 대표적
개방형사업 플랫폼으로 어느 누구나 1인 사업자가 되어 동영상을
올려 인기가 많으면 수익금의 일정 부분을 분배 받는 시스템이다.

수익금은 대략 1조회 당 1원 정도의 수익금이 지급되는데, 예
를 들어 업로드한 동영상이 인기가 많아 100만회 조회 수를 기록

하고 중간 중간에 광고가 삽입된다면 100만원을 수익금으로 받게 되는 것이다.

이때부터 유튜브를 가지고 사업을 하는 유튜버라는 직업이 생겨나는데 1인 미디어 창업이라고 할 수 있다. 유튜버들은 인기를 끌 만한 각종 동영상들을 수시로 올려서 독자층을 확보하여 수익을 올리고 있다. 또 상업적인 유튜버들은 관련 상품의 협찬광고도 진행함으로써 억대 연봉을 받는 일반인들이 다수 배출되면서 더 많은 유튜버들이 생겨나고 있다. 특히 싸이의 강남스타일은 30억 조회 수를 넘어 유튜브 수익으로만 30억 원을 지급 받았을 것이다. 이런 파트너십 프로그램을 계기로 유튜브는 또 한 번 폭발적인 조회 수 증가로 전기를 맞는데 안드로이드 폰의 플레이스토어 같은 하나의 생태계가 형성이 되어 상업적인 성공을 거두고 있다. 이에 힘입어 유튜브의 회사가치는 700억 달러를 넘어서게 되고, 유튜브를 통한 광고 매출만 2016년 기준 82억 달러를 넘어서고 있다.

이렇게 이익을 많이 거두게 된 데는 유튜브 시청자의 로그를 분석하여 사용자에 맞는 광고를 보여주어 효율적인 광고를 할 수 있었다.

아모레 퍼시픽

아모레 퍼시픽은 국내 최초로 화장품을 방문판매 시스템을 개발하게 되는데 일종의 개방형 비즈니스 플랫폼이었다.

방문판매원은 무자본 창업이 가능해서 일정한 매장을 소유하지 않아도 되는데 소규모의 화장품들과 카타로크를 가지고 각 가정을 방문하여 판매를 하는 방식이었다.

지금은 범죄 위험들 때문에 외판원에게 함부로 문을 열어주지 않지만 이 시대만 하더라도 방문 판매에 대한 거부감이 거의 없었다. 이런 방문 판매 방식은 대 성공을 하여 나중에는 아모레 퍼시픽을 대기업 반열에 올려놓을 정도였다. 회사 소속의 방문 판매원들이 어느 정도인가 하면 1만6천명을 넘어설 정도였고, 회사 매출의 85%를 차지할 정도로 매출에 공헌을 했다.

방문판매 방식의 가장 큰 장점은 개인 맞춤별 카운슬링이 가능하다는 것인데, 자사 화장품에 대한 전문적인 교육을 받아서 고객에게 뷰티 관련 정보를 전달하는 역할을 하여 만족도를 높이고 있는데 현재는 방문판매 직급체계도 전문화되어 프로-시니어-마스터-수석마스터 등의 단계로 나뉘어 성과에 따라 한 계단씩 올라갈 수 있고 수익은 더 늘어난다.

아모레 퍼시픽은 2016년 이런 방문판매 조직에서만 1조원 이상의 매출을 거두어 업계에서는 방문판매 조직의 역량을 더 강화해나가고 있다.

공유경제플랫폼이란 일정한 자원을 사용자간에 공유하게 만들어 자원의 효율을 높이는 사업모델로 주로 모바일 앱을 통해 사용자들을 비즈니스에 참여시키는 개방형 비즈니스 모델이다. 이러한 공유비즈니스모델은 우버와 에어비앤비가 촉발시켰으며, 매년 60%의 성장률을 기록하고 있다.

초기에 시작한 자동차, 집의 공유비즈니스는 창고, 자전거, 병원, 사무실, 서버 등 여러 가지 방식으로 파생한 기업들이 생겨나고 있다. 특히 에어비앤비의 창업동기가 된 사례가 유명한데, 미국에는 8000만개의 전동드릴이 있지만 실제로 1년에 전동드릴을 사용하는 시간은 단 13분에 불과하다는 것이다.

또한 많은 사람들이 자동차를 가지고 있지만 95%는 주차되어있는 시간이라는 것이다. 이런 경각심이 불러일으킨 것이 공유경제인데, 앞으로는 재화에 대한 인식방식이 소유의 개념에서 렌탈의 개념으로 많은 부분이 바뀔 수 있을 것으로 본다.

우버

공유경제를 촉발한 것은 우버와 에어비앤비로써 세계에서 가장 큰 택시회사지만 차를 한대도 보유하고 있지 않다. 그럼에도 2017년 회사가치는 680억 달러에 달하고 연간 매출은 7조 4천억을 넘어서고 있으며 ,세계 72개국에서 서비스되고 있다.

우버란 승객과 차를 연결해주는 모바일 플랫폼으로 2009년 캘리포니아의 트래비스에 의해 탄생 되었다. 우버는 승객과 공유 차량 운전자를 연결해주었으며, 택시면허가 없더라도 자신의 차를 운전자는 공유해주고 돈을 받을 수가 있었다. 택시를 운전하려면 택시면허를 소유해야 하는데 우버는 택시면허가 없더라도 승객을 태우고 수입을 올릴 수가 있어서 수많은 소송에 휩싸이게 되었다.

한국이었다면 바로 입건이 될 사안이었다. 하지만 이곳은 미국의 실리콘밸리여서 이러한 부분에 대해 관대했던 것 같다. 또한 구글은 2013년 우버에 3000억 원을 투자하게 되고 수많은 소송에서 우버의 편이 되어주어 승소하게 되어 서비스를 유지할 수 있었던 것이다.

자동차 공유경제에 대한 개념은 매우 생소해서 우버가 진출한 70여 개국에서 법률 적인 문제로 싸우고 있는데, 시간이 갈수록 공유경제 쪽으로 사람들의 인식이 바뀌면서 각종 법률 적인 문제들도 하나씩 해결이 되어가고 있다.

에어비앤비

호텔을 하나도 가지고 있지 않은 숙박 체인회사인 에어비앤비는 전 세계 190개 국가에 진출해 있으며 530만개의 숙소를 공유하고 있다. 회사 가치는 28조원으로 세계1위 호텔체인인 힐튼

호텔에 24조원 기업 가치를 넘어서고 있다.

에어비앤비의 수익모델은 사용자에게 예약가격의 10% 가량을 받고, 숙소 주인에게 3%의 수수료를 받는다. 이 수수료가 모여서 2017년 기준으로 24억 달러의 매출을 달성한 것이다. 또한 이러한 매출 성장률은 매년 80%씩 증가하고 있으며 조만간 기업공개(IPO)를 하게 된다.

에어비앤비는 세계적인 숙박 공유 플랫폼으로 2008년 창업자 브라이언 체스키, 네이선 블레차르지크, 조 게비아가 샌프란시스코의 자신의 집의 일부를 여행객에게 빌려주면서 아이디어를 얻었다. Air-bed and breakfast 의 약자이기도 한데 집주인이 에어베드와 아침을 제공한다는 뜻이 담겨있다.

2008년에 시작은 했으나 너무 생소한 개념이라서 집주인들이 쉽게 자신의 집을 빌려주지 않았다. 창업자는 직접 발로 뛰며 집주인들을 하나하나 설득하는 방식으로 시작을 하게 되는데 자신의 집을 주말에 빌려주고 1000달러의 수익을 벌었다는 것을 sns 등을 통해 소문을 퍼트렸고, 이러한 사례가 sns상에 퍼지면서 사람들이 집을 등록하기 시작해 사용자들이 몰리게 된 것이다.

이후 에어비앤비는 사모펀드 TPG 캐피탈로부터 4600억 원, 구글로부터 6000억 원, 최근에는 1조1천억이라는 신규투자를 받았다는 뉴스가 실리기도 했는데, 2019년도 경에 기업공개를 할 것으로 보인다.

ZIPCAR

　사람들은 자신의 차를 유지하게 위해 할부금, 유지비, 보험료 등등 생활비 중 상당한 비용이 들어가지만 정작 차량을 운행하는 시간은 하루 중 5% 밖에 안 되며, 나머지 95%의 시간 동안은 차를 주차해놓는다. 주차비용만 더 들어가는 것이다.
이것의 해결책으로 제시된 것이 자동차를 빌려 쓰는 것인데 연회비 얼마를 내고, 사용시간당 적은 비용만 지불하면 자동차를 보유했을 때 비용보다 훨씬 적게 들어가는 것이다. 아마도 ZIPCAR는 이 문제의 해결책이 될 수 있을 것이다.

　ZIPCAR는 2000년 1월에 생겨난 공유경제 플랫폼의 원조 격인 카 셰어링 서비스다. 보스턴에서 가정주부인 로빈 체이서와 연구원인 안처 다니엘슨이라는 여성 두 명이 창업을 하게 되었는데, 이때만 해도 공유경제라는 개념은 매우 생소해서 사용자들에게 이해를 시키는 것이 최대 관건이었다.
ZIPCAR의 초창기 문제는 저렴한 가격에 자동차를 쓸 수 있다는 것을 어떻게 사용자들에게 이해시키는가, 였다. 창업자 체이서는 자신의 노모를 상대로 이해할 때까지 피칭 연습을 했고, 사용자들에게 현금인출기만큼 쉽게 차를 빌려 쓸 수 있다는 것을 이해시켰다.

ZIPCAR는 사업 초기에 대학가를 상대로 사업을 확산시켰는데, 가격이 기존보다 획기적으로 저렴하다보니 입소문을 타고 퍼지기 시작했다. 또 차량은 공공기관 등의 유휴차량을 상대로 보유차량을 확대시켜 나갔다.

이렇게 스타트를 한 ZIPCAR는 2002년부터 대학가를 중심으로 빠르게 성장하여 미국과 캐나다의 50개 도시에서 서비스되고 있으며 보유차량은 7천대를 넘어섰다. ZIPCAR는 2011년 미국 나스닥에 상장했고, 2013년 아비스라는 렌터카 회사에 5800억 원에 매각됐다.

2012년 한국에도 ZIPCAR를 벤치마킹한 스타트업회사 쏘카가 제주도를 기점으로 서비스를 시작하는데 2016년에 이미 회원수 300만 명, 차량 보유대수 8천대, 900억대 매출을 달성하고 있으며 지금 현재도 매년 급성장을 이어가고 있다.

리퀴드 스페이스

리퀴드 스페이스는 2010년 캘리포니아에 설립된 스타트업기업으로 에어비앤비와는 달리 남는 사무실 공간을 빌려주는 공유서비스이다.

2010년 서비스를 개시한 이래 미국, 캐나다, 호주 등에서 5000여 곳의 사무실과 계약되어 사무공간을 빌려주고 있다.

#렌탈방식의 사업모델

비용을 더 주더라도 렌탈을 선호하는 사람이 의외로 많다. 이것은 수학적으로 설명할 수 없으며, 오랜 시간 동안 지속되어 온 인간의 구매심리 중에 하나이다. 렌탈에 대한 선호는 반드시 구매 포인트가 될 수 있다. 사람은 돈을 모으길 원하면서도, 반면 손해를 보면서도 렌탈로 물건을 구매하려고 한다.

그 이유가 무엇인지는 학자들이 오랜 시간 동안 연구를 통해서 알 수 있을 것이다. 이건 마치 대출이 있으면서도 저축을 하는 것과 마찬가지이다. 아무래도 이율로 따진다면 저축하는 이율보다는 대출 이율이 높을 것이다. 그럼에도 불구하고 상당히 많은 사람들이 대출이 있으면서 연금보험이나, 정기적금 등을 새로 가입을 한다.

이건 인간의 사고의 오류가 아닐까 생각한다. 뇌 과학자들은 인간의 사고에도 꽤 많은 오류가 있음을 지적하는데, 그런 류의 오류가 아닐까 한다. 하지만 여기서 구매 포인트가 생겨난다. 인간이 완벽하게 수학적으로 모든 것을 AI와 같이 사고한다면 구매 포인트라는 것이 없어질지도 모른다.

그렇다면 렌탈이 필요한 분야는 어떤 것이 있을까? 반드시 렌탈을 해야 하는 제품은 전문가의 관리가 필요한 제품들이다. 실제로는 관리가 그다지 필요치 않은 제품들도 렌탈을 선호하기는 하지만, 제품의 특성을 고려해봤을 때 전문가가 일정 주기로 반드시 관리를 해줘야 하는 제품들은 렌탈로 구매할 확률이 높다. 전문성이 있는 제품일수록 더 렌탈할 확률은 높은 것이다.

가장 대표적인 제품이 아무래도 정수기나 공기청정기일 텐데 이들 제품은 필터교환이나 내부 청소 등 일반인이 하기 힘들거나 까다로운 것들인데, 이런 원리를 바탕으로 한다면 렌탈을 구매 포인트로 가져갈 수 있는 상품들이 무엇인지 찾을 수 있다.

자동차

자동차는 현금주고 일시불로 구매하는 것이 가장 싸게 살 수 있는 방법이다.

하지만 자동차를 구매하는 방식을 비율로 보면 일시불 30%, 할부 30%, 리스나 렌탈 30% 정도가 된다. 실제 자동차구매에 들어가는 금액을 계산해보면 일시불을 100%로 봤을 때 할부는 115%, 렌탈이나 리스는 120%이상의 비용이 들어감을 알 수 있다. 그만큼 돈이 더 들어가는 데도 불구하고 사람들은 의외로 리스나 렌탈로 차를 구매한다.

렌탈로 구매하는 사람들의 생각은 3년 후에 차를 반납하고 보증금을 돌려받는다는 개념으로 받아들인다. 렌터카 회사에서는

도대체 어떻게 성공한거야

반납 받은 차를 중고차에 팔아 보증금을 돌려준다.

자세히 계산해보면 차를 할부로 구매해서 3년 후에 중고차로 파는 것이 렌터카로 빌리는 것보다 훨씬 이득이다.

여기에서 구매 포인트를 찾을 수가 있겠다.

사람들은 렌트 개념을 좋아한다는 것이다.

정수기

렌탈의 대명사는 아무래도 정수기라고 할 수 있겠다.

정수기는 필터교체 및 내부 청소 등 일반인이 하기엔 좀 힘든 부분이 있어서 주기적으로 전문가의 관리가 필요한 가전제품이다. 그래서인지 렌탈의 기본 원리와 딱 맞아 떨어진다고 할 수 있겠다.

정수기는 렌탈 시점에 등록비 약 10만원 지불하고 매월 3-5만원의 렌탈비를 낸다. 정수기의 원가를 15만 원 선이라고 봤을 때 몇 달이면 이미 원가를 뽑는 것이다. 몇 백만 명이 정수기를 렌탈할 텐데 여기서 생기는 이익이 엄청나다. 대형 정수기 회사 같은 경우 1년 이익이 5천억 원에 육박하는 회사가 있을 정도로 렌탈 분야의 정수기 사업은 대박 사업인 것이다.

또한 정수기를 유지 관리해주는 코디사원들이 동시에 영업까지 하므로 영업조직을 구축하여 매월 신규를 유치하지 않더라도 신규 유치가 자동으로 늘어나는 것이다. 매출의 절반 이상이 이런 코디사원들의 리오더를 통해 이루어지고 있다.

공기청정기

2017년 기준 국내 렌탈시장의 50%를 차지하고 있는 건 정수기이고 그 뒤를 이어 공기청정기가 가파르게 상승하여 20%대를 차지하고 있다. 가전제품 중 렌탈로 구매를 선호하는 제품은 지속적인 관리가 필요한 정수기, 공기청정기가 대표적인데 필터교체나 위생 점검 등을 몇 달에 한 번씩 해줘야 하기 때문이다.
최근 미세먼지 영향으로 공기 청정기의 수요는 계속 늘어나는데, 올해 공기청정기 시장은 1조 5천억 원을 넘어설 전망이다. 이는 작년 1조원규모의 1.5배나 증가한 수치이다.

최근 삼성전자는 사업체 대상의 렌탈 시장에 진출하여서 좋은 성과를 내고 있으며 CJ헬로비전 등의 대형기업 들이 속속 렌탈업에 뛰어들고 있다. 이 같은 이유는 렌탈업이 대기업이 뛰어들 정도로 시장이 그만큼 커졌다는 것을 의미한다.
또한 KT경제경영연구소에 따르면 렌탈시장 규모는 2016년 기준 25조9000억 원 정도이었으나 5년 후인 2020년에는 40조원 정도의 규모로 성장할 전망이라고 한다.

#무제한 제공방식의 사업모델

무한, 무제한이라는 개념이 언제부터 생겨났는지 알 수는 없지만, 이건 인간의 구매 포인트의 하나로 정착한 걸 보면 역사적으로도 꽤 오래 전부터 상업의 한 부분이 아니었을까?

사람들은 왜 무한, 무제한에 열광하는가?
공산주의보다 자유민주주의에 열광 하는 것과 유사한 성향이라고 볼 수 있다. 공산주의는 인간의 한계를 제한하지만 자유민주주의는 인간의 한계를 제한하지 않는다. 누구나 능력되는 대로 돈을 벌 수 있고, 소비할 수 있다.
무한, 무제한이라는 개념은 오랫동안 지속되어온 인간의 구매 포인트 중에 하나이다.

음식점

무한, 무제한은 이미 오래 전부터 마케팅의 한 방식이었고, 주변에서도 꽤 많이 볼 수 있다. 가장 대표적인 것이 뷔페일 것이다. 뷔페는 정해진 금액을 내고, 음식을 무제한으로 먹는 방식이다. 실제로 뷔페가 국내에 도입되었을 무렵 엄청난 히트를 쳤고, 줄을 서서 입장할 정도로 센세이션을 일으켰다. 지금은 너무 일상화되었고, 너무 많아서 별 감흥을 느끼지는 못할 것이다. 하지만 그 이후 뷔페에서 파생된 음식점은 꽤 많이 생겨났다.

컵을 구매하면 무제한으로 탄산음료를 마신다든지, 소고기를 무한리필 해준다든지 하는 무제한 제공 방식이 파생되어 많이들 생겨나고 있고, 또한 많이들 성공했다.

어떻게 보면 이런 무한제공, 무한리필이라는 방식은 인류가 생겨나고 나서 가장 확실한 마케팅 방식 중에 하나가 아닐까 한다.

놀이공원

놀이공원에 가보면 자유이용권이라는 방식이 있다.

원래 놀이기구의 이용은 1번 이용당 1번의 결제 방식이었다. 하지만 일정금액을 내고 하루 종일 무한대로 이용할 수 있는 자유이용권방식이 도입되면서 이용객수가 폭발적으로 증가하게 되었다.

지금은 거의 모든 놀이공원에 자유이용권 방식이 있지만 초창기만 하더라도 과연 이런 방식이 성공할지는 의문이었다. 오히려 매출 감소를 가져올 수 있기 때문이었다. 하지만 결국 "무한"이라는 불패의 법칙을 벗어날 수는 없었다. 매출 감소를 우려했지만 실제로는 매출이 2배 이상이 증가하는 현상이 발생한 것이다.

놀이공원의 자유이용권 방식은 마케팅의 교과서에 성공한 방식 중의 하나로 수록될 것이다.

결혼정보업

결혼정보업에 무한이라는 개념이 어떻게 적용될까?

아마도 예감 하셨겠지만 "무한만남"이다.
실제 이 사례는 굉장히 성공을 거두었다.

OOO 라는 중저가 결혼정보업체가 있었는데 여기는 듀오나 선우와 같이 고가 방식이 아니라 중저가 방식으로 다 건의 만남을 주선하는 방식으로 회사가 운영되고 있었다. 하지만 문제점이 있었는데 커플매니저들이 저렴한 가격에 많은 건을 처리하다 보니 인건비가 너무 많이 들어가서 적자가 발생하게 되었다.

그래서 착안해낸 방식이 커플매니저를 통하지 않는 무한만남이었다. 기존에는 커플매니저가 비용 3만원에 한 커플의 만남을 주선하였는데, 무한만남 방식은 커플매니저를 통하지 않고, 한 달 5만원을 지불하면 된다. 초기에 우려도 많았다. 기존 1회만 남에 3만원인데 한 달 비용 5만원을 받는다면 사람들이 과연 이용할까? 라는 반대에 부딪쳤다.

하지만 회사가 결손이 나는 마당에 이것저것 안 해볼 수가 없었다. 일단 시행을 해보고 안 되면 다시 기존방식으로 하면 된다. 시행을 한순간 모든 직원들은 깜짝 놀라게 되었다. 매출이 기존의 3배가 늘어난 것이다. 게다가 커플매니저 비용까지 절감하게 되어 순이익은 어마어마하게 늘어난 것이다. 결국 사람들은 이런 방식을 선호하는구나. 어떻게 보면 자유민주주의가 성공한 방식과도 유사함을 느꼈다.

능력 되는 한 무한적으로 자기의 역량을 펼칠 수 있는 자유민주주의방식이 성공할 수 있는 이유가 아닐까 한다.

커피전문점

커피전문점에 무한제공이라는 개념을 적용하면 어떨까?

실제로 이 개념을 적용한 프랜차이즈 업체가 있다. 대표적인 사례가 "빽다방"이다. 빽다방은 거의 1리터에 가까운 커피를 저렴한 가격에 준다. 물론 얼음이 절반 이상이긴 하지만 젊은이들 사이에 엄청난 선풍을 일으켰다.

하지만 이면에는 경제학적인 치밀한 논리가 뒷받침되어있다.

상상적으로 논리를 유추해보면

*사람이 커피를 마셔봐야 단 시간에 1리터 이상은 마시기 힘들다.
*얼음을 많이 채운다면 커피원두 투샷 정도로 1리터에 육박하는 아메리카노 한잔을 만들 수 있다.
*스타벅스와 같이 비싼 커피를 마시는 사람은 커피원두의 질에 대한 기대감을 가지고 있지만, 1리터 커피에 가격까지 저렴하다면 커피원두의 질은 그다지 따지지 않는다.
*투샷이 들어갈 정도의 커피의 원가는 생각보다 높지 않다.

도대체 어떻게 성공한 거야

대략 이런 경제적인 논리가 적용되지 않았을까?

커피한잔에 들어가는 커피원두의 원가는 얼마일까?

'2012년 관세청에서 국내의 외국계 커피 전문점에서 사용하는 한 잔 분량의 원두 10g의 원가가 세전 123원이라고 발표를 했다.' 123원이 평균이라는 말은 프랜차이즈본사에서 대량수입 시는 100원도 채 안 된다는 말이다. 그러므로 "무한제공"이라는 개념 적용이 가능한 것이다. 커피의 질만 좋게 한다면 커피의 무한개념 적용은 성공적일 것이다.

도대체 어떻게 성공한거야

지은이 김승현

1판 1쇄 발행 2018년 10월 1일

저작권자 김승현

발행처 하움출판사
발행인 문현광
교 정 성슬기
편 집 강태연
주 소 광주광역시 남구 주월동 1257-4 3층 하움출판사
ISBN 979-11-88461-56-1

홈페이지 www.haum.kr
이메일 haum1000@naver.com

좋은 책을 만들겠습니다.
하움출판사는 독자 여러분의 의견에 항상 귀 기울이고 있습니다.